내 안의 음란마귀

일러두기

영화·TV 프로그램·애니메이션은《 》, 책과 만화책은『 』, 신문과 잡지는〈 〉, 노래와 앨범명은「 」으로 표기하였습니다.

현태준의 만화에서 맞춤법이 틀린 부분은 글맛을 살리기 위한 작가의 의도된 연출입니다.

내 안의 음란마귀

김봉석 현태준

두 아재의 거시기하고 거시기한 썰

그책

美소녀

우리 동네에는 여학교가 있었다. 들은 얘기지만, 면도날을 씹고 다니는 '칠공주'라 불리는 무서운 써클이 있는 여학교였다. 교문앞에는 분식집이 많았다. 나는 그곳에서 처음으로 '쫄면'이란걸 사먹었다. 까까머리 중학생이 된 무렵 어둠이 깔리고 여학생들이 사라진 틈을 타 여학교앞을 어슬렁거렸다. 헌책방, 선물의 집, 문방구, 서점, 교복집등이 모여 있어 내가 다니던 학교앞과는 달리 흥미로운 풍경이 펼쳐졌다. 즐겨찾은곳은 헌책방이었다. 낡은 책을 펼치면 여학생의 풋풋한 향기가 나는 듯 했다.

<칠공주이야기(이것도 들은 것)>

얇은 면도칼을 씹다가

조각난 면도날을 손가락 사이에 끼우고

재수없는 여학생을 만나면

"너 참 이쁘구나!"하며 얼굴을 쓰다듬었다.

꺄아악!

하루는 문방구에 연습장을 사러 갔더니, 벽면에 가득 서양 배우들의 사진이 붙어있었다. 그중에 유독 눈길을 끄는 사진이 있었다. 내 또래로 보이는 파란눈의 아가씨였다. 꾀재재하고 촌스러운 여학생들에 비해, 세련된 이목구비와 해맑은 미소가 내마음을 끌고 있었다. 모두 판매용으로 엽서도 있었고 사진이 들어간 연습장도 있었다. 내성적이었던 나는 차마 고르지 못하고 아무거나 들고 나왔는데…

원더우먼의 린다카터 사진이 들어간 70년대의 비닐수첩

칠공주 7명의 여학생으로 구성된 여성폭력서클의 대명사. **쫄면** 70년대 초 인천의 냉면제면소에서 기계조작의 실수로 굵은 면발이 나온 것을 고추장을 비벼 팔게 된 것이 시초. 고열과 강한 압력으로 쫄깃한 면발을 만드는 것이 특징이다.

나중에 알고 보니 그 소녀의 이름은 '크리스티 맥니콜'이었다.
해외유명스타를 꿰차고 있었던 누이가 가르쳐준 것이었다.
누이는 용돈을 모아 명동의 중국대사관 앞 수입서점에서
일본의 영화잡지 「스크린」이나 「로드쇼」같은 값비싼 잡지를
사모으는 것이 유일한 취미생활이었다. 그 덕택으로 나는
「테이텀오닐」이나 「다이안레인」 「피비케이츠」같은 틴아이돌을
꽤차게 되었고 책상위에는 그녀들의
사진으로 도배를 했다. 당시 명동은
매우 핫한 곳이었다. 특히 「코스모스
백화점」은 청소년들이 사랑하는 백화점
이었다. 에스컬레이터를 타고 3층에 가면
해외 스타들의 진짜사진을 파는 코너가 있었다. 그곳에는 문방구
에서 볼수 없는 실로 다양한 사진들이 많았다.(훗날 진짜사진의
정체는 외국잡지를 찢은 다음 현상인화한 것이란 걸 알게되었다.)
나의 서양소녀사랑은 혜성같이 등장한 프랑스의 「소피
마르소」의 출현으로 절정에 이르렀다. 영화 「라붐*」으로 데뷔한
그녀는 정말이지 너무나 청순하고
아름다웠다. 부드러운 얼굴과 발그
래한 뺨, 아늑한 눈동자, 힘없이 살짝
벌린 입술, 그리고 봉긋히 솟은 가슴은
저멀리 아시아의 변방, 서울 변두리의
수줍은 남학생의 마음속에 오랫동안
머물게 되었다~

벽과 벽지의 틈새에 실핀을 꽂는 방식으로 테이프나 접착제가 필요없는 획기적인 사진 부착법이었다. 간혹 손톱 사이에 실핀이 박혀 피가 나기도.

실핀의 각도를 최대한 낮춰 수평에 가깝게 꽂는 것이 중요했다.

문방구에서 팔던 100원짜리 소피마르소의 복제 사진

크리스티 맥니콜 1962년 미국 태생으로 1980년대 '테이텀 오닐'과 함께 아이돌 스타로 알려졌다. 풋풋한 선머슴 같은 외모가 특징. **스크린,로드쇼** 7,80년대 일본의 영화잡지. 국내에는 보따리장수 등을 통한 밀수로 수입, 명동 등지에서 팔렸다. 해외인기스타들의 컬러풀한 최신화보로 중고생들에게 인기를 끌었다. 대형 브로마이드가 부록으로 들어있기도. **코스모스백화점** 1970년 명동에 개장한 백화점으로 에스컬레이터 8대와 엘리베이터 16대를 설치했으며, 당시 젊은이들의 대표적인 약속장소였다. 5층에는 프라모델을 파는 모형점과 우표전문점이, 3층에는 스타들의 사진을 파는 코너가 있었다. **라붐** 소피마르소(1966년생)가 처녀 출연한 청춘영화로 1980년에 제작했으나, 30년이 지난 2013년에야 국내에 정식개봉되었다.

그곳에 가면 어른이 된다

아무것도 몰랐다. 그저 영화를 보기 위해 아세아극장에 갔을 뿐이다. 1980년대에는 개봉관이 광화문과 종로, 충무로 사이의 시내에 몰려 있었다. 광화문의 국제극장, 종로의 단성사와 피카디리극장, 을지로의 국도극장, 충무로의 명보와 스카라, 대한극장 등등. 80년대 중반까지 대부분의 영화는 개봉관 하나에서만 상영했다. 개봉관 상영이 끝나고 나면 영등포의 연흥, 남영동의 금성, 청량리의 세기 등 재개봉관에서 상영하고 다시 동네의 재재개봉관으로 넘어가는 시스템이었다. 동네 극장을 흔히 3류 극장이라고도 불렀다. 동네 극장에서 영화를 보다 보면 필름이 낡아 화면에서 주룩주룩 비가 내리고, 상영 도중에 필름이 끊어지면서 멈추는 경우도 허다했다. 심한 경우는 불이 나기도 했다. 신작 영화는 일간지에서 광고를 보거나, 동네의 전신주나 담벼락에서 영화 포스터를 보고 어느 개봉관에서 하는지 미리 알고 시내에 가야 했다.

청계천의 세운상가에 위치한 아세아극장도 영화를 보기 위해 간 것뿐이다. 그런데 아세아극장은 여느 개봉관과는 어딘가 분위기가 달랐다. 상영하는 영화들부터 조금은 특이했다. 아세아극장에서 본 영화들 중에서 가장 오래된 기억을 끄집어내면 《전자인간 337》과 《왕자와 거지》 등이 떠오른다. 하지만 아세아극장 하면 제일 먼저 생각나는 영화는 《데드 쉽》과 《옥타곤》이다. 바다에서 조난당한 사람들이 거대한 배에 구조되었는데 알고 보니 오래전 나치가 생체실험을 하다가 모두 죽어버리고 난 후 유령선이 된 배였다. 여인이 샤워를 할 때 샤워기에서 붉은 피가 쏟아져 내리는 장면이 기억난다. 《옥타곤》은 척 노리스가 주연한 무술영화다. 이소룡의 《맹룡과강》에 출연하며 액션 스타의 길로 접어든 척 노리스가 《대특명》과 《델타 포스》에 출연하며 최고의 액션스타가 되기 전에 출연한 액션영화다. 악역 배우의 대명사였던 리 반 클리프도 나오고, 닌자들과 싸우는 척 노리스가 꽤 멋지게 나왔다.

아세아극장에서 봤던 영화들을 하나로 묶는다면 싸구려 장르영화 정도가 될까. 나치, 생체실험, 악령, 유령선 등의 기이한 소재를 하나로 묶어내면 《데드 쉽》 같은 공포영화가 된다. 나치와 생체실험이라는 소재에 섹스를 더하면 《나찌 일사》 같은 기발한 에로영화가 된다. 《옥타곤》은 80년대 후반, 90년대 초반에 나온 《아메리칸 닌자》, 《마스터 닌자》 등등 B급 액션영화의 선구자라 할 수 있을 것이다. 80년대의 아세아극장에서는 그런 싸구려 영화들을 유독 많이 상영했다. 청계천이라는 지역의 특성상 아세아극장에서는 가족이 다 함께 볼 수 있는 메이저 영화를 개봉하는 경우는 거의 없었다. 오래전 개봉했던 영화의 재개봉 정도를 했을 뿐.

데드 쉽
옥타곤

청계천의 분위기도 확연하게 달랐다. 아세아극장은 세운상가 내부의 2층에 있었다. 상가 계단을 올라가 극장에 들어갔고, 영화를 보고 나면 2층의 문을 열어줘 청계천과 을지로를 잇는 고가로 나오게 되어 있었다. 기계, 전자부품 등을 파는 상가는 주로 1층이었고, 2층과 고가에는 노점과 가건물처럼 만들어진 가게들도 많이 있었다. 2층에도 전자부품 가게들이 있었고, 다리 위에는 국내에 라이센스로 나오지 않은 외국 음반을 불법으로 찍은 빽판 가게들이 즐비했다. 무엇보다 인상적이었던 풍경은 <플레이보이>와 <허슬러> 등 서양 포르노잡지의 표지를 붙여놓은 입간판 주변을 어슬렁거리는 아저씨들이었다. 중고생이 지나가면 "야, 이리 와 봐"라며 부르고, 모른 척하며 지나가려 하면 때때로 옆에 와서 주먹을 들이대기도 했다. 그들이 파는 것은 포르노잡지였다. 비디오가 보급되기 시작하면서는 비디오도 함께 팔았다. 비싼 값에, 빈번히 사기도 쳐가면서.

영화를 보러 가는 도심은 동네와 달리 번화한 거리라는 기분이었지만, 세운상가는 아예 다른 공간 같은 느낌이었다. 내가 사는 공간과는 다른 규칙과 기운이 지배하는 영역이라고나 할까. 키쿠치 히데유키의 소설『마계도시 신주쿠』는 어느 날 갑자기 알 수 없는 힘에 의해 도심인 신주쿠가 '마계도시'가 된다는 설정이다. 요괴와 괴물 등 기이한 생물들이 나타나면서 기존의 정부 권력과 경찰은 전혀 손을 댈 수 없는 곳이 된다. 그곳에서 살아가며 싸우는 존재들은 다들 이상하다. 영웅조차도 어둡고 탁하다. 세운상가는 그런 느낌이었다. 명동이나 광화문 같은 거리와는 많이 달랐다. 번화가에 가면 동네에서는 먹을 수 없는 음식을 먹고, 백화점에 가서 신기한 것들을 구경하고 살 수 있었다. 시내는 훨씬 더 세련되고 고급한 물건들이 존재하는 번화가였다.

세운상가는 시내였지만 시내가 아닌 것 같았다. 그곳에 가면 오히려 낙후한 기분이 들었다. 아니 뒤떨어졌다고는 할 수 없다. 설계도만 주면 탱크나 잠수함도 만들 수 있다고 할 정도로 한때 발전된 기술을 가졌다는 세운상가는 그 시절 활력이 넘쳤지만 동시에 음습하고 야비한 이면을 가지고 있었다. 지금은 모습을 드러낸 청계천을 덮어버린 도로에서 축축하고 무거운 기운, 음기라도 새어나왔던 것일까. 가끔은 영화가 끝나고 저녁 무렵의 청계천에 나서게 되었다. 어둠이 내리기 시작한 세운상가는 이미 대부분 상가 셔터가 내려져 있었다. 그러면 1층의 닫힌 셔터 앞에 하나둘 손수레가 자리 잡기 시작했다. 대부분은 술과 간단한 안주와 요깃거리를 파는 노점이었다.

그 사이에 포르노잡지를 파는 수레도 있었다. 그 시절, 외부에서 전기를 끌어오지 못한 노점에서는 카바이드로 불을 밝혔다. 누런 조명 아래에는 <플레이보이>와 <펜트하우스> 등의 낡은 잡지가 놓여 있었다. 서양 여인들의 하얀 피부가 일렁이며 타오르고 있었다. 명동과는 전혀 다르고, 내가 사는 동네와도 다른 어떤 곳. 이계(異界)였다.

청계천에서 처음 포르노잡지를 샀다. 중학교 2학년 때였다. 포르노잡지는 그 전에도 본 적이 있었다. 국민학교 그러니까 지금의 초등학교 5학년 때 반 아이들이 포르노잡지에서 오려낸 사진을 가지고 왔다. 벌거벗은 여인의 사진을 교과서 사이에 끼워서 돌려봤다. 중학교에 들어가서는 친구들이 가지고 온 <플레이보이>나 <펜트하우스>를 본 적이 있었다. 그리고 아세아극장을 드나들면서 포르노잡지를 파는 노점을 계속 보게 되었다. 누군가 사는 것도 지켜봤다. 돈을 주면 험상궂은 얼굴의 남자는 어디론가 사라졌다가 누런 종이봉투를 가지고 왔다. 앳된 얼굴의 청년은 봉투 안을 슥 들여다보고는 바쁜 걸음으로 사라졌다. 호기심이 일었다.

어느 날 영화를 보고 나오다가, 도로에 멈춰 섰다. 친구들과 함께 있었다. 저녁이었고 사방은 어두워져 있었다. 1층에 내려왔으니 이제 버스를 타고 집으로 가야 했다. 그런데 포르노잡지를 파는 노점이, 손수레가 보였다. 친구 하나가 말했다. "살까?" 또 하나가 답했다. "그래, 사자." 적극성은 거기까지였다. 서로 쿡쿡 찔러대기만 했다. "네가 가 봐." "네가 가." 실실 웃으면서 서로 부추기기만 했다. 5분 정도였을까. 하지만 긴 시간이었다. 어둠은 점점 짙어져만 가는 것 같았다. 한참을 그러다가 확 발동이 걸렸다. 소심했지만 뭔가를 저지를 때는 확 내질렀다. 어차피 잃을 것도 없는데. “내가 갈게.”

노점으로 다가가자 지켜보던 아저씨가 먼저 말을 걸었다. 험악하게 생기지는 않았다. 동네에서 수박이나 그릇을 팔아도 어울릴만한 평범한 얼굴이었다. “책 살래?” 나는 짧게 답했다. “<플레이보이> 주세요.” 아는 게 그 정도밖에 없었다. 아저씨가 씩 웃으며 답했다. “그건 별로 재미없어. 더 재미있는 걸로 줄게.” “뭔데요?” 아저씨가 또 씩 웃고는 손수레 아래 어딘가에서 책을 하나 뺐다. 누런 종이 봉투에 집어넣으면서 표지를 슬쩍 보여줬다. “<클럽>이다. 이게 훨씬 재미있어.” 슬쩍 두어 페이지를 보여줬다. <플레이보이>보다 좋은 건지는 몰랐다. 사실 <플레이보이>도 처음부터 끝까지 본 적이 없었다. 잘려진 낱장을 몇 번 보았을 뿐. 가격을 말했는데, 잘 생각나지는 않는다. 몇 천원이었을 거다. 흥정을 하고, 돈을 내고, <클럽>을 받아왔다. 처음으로 산 포르노잡지였다.

설렜다. <클럽>을 받은 직후부터, 버스를 타고 집으로 오던 내내 가슴이 두근두근거렸다. 드디어 포르노잡지를 샀다는 흥분만은 아니었다. 아세아극장에서 영화를 보고 나오면서 늘 스쳐 지나가기만 했던 이전과는 달리 처음으로 이곳에서 뭔가를 했다는 기분이었다. 집과 학교라는 두 개의 공간만을 왔다 갔다 하고, 가끔씩 스크린에서 다른 공간에 빠져드는 기분을 느끼는 정도의 일상이었다. 영화는 언제나 잠시의 탈출이었다. 보고 나서 반추할 수는 있지만 스크린 앞을 벗어나기만 하면 언제나 익숙하고 지루한 세상이었다. 세운상가라는 특이한 공간 안에서도 언제나 이방인이었지만, <클럽>을 사면서 동질감이 들었다. 아주 사소한 쾌감이었지만 매력적이었다. 찰나 어른의 기분을 느꼈다고나 할까.

그 후로 포르노잡지를 가끔 샀다. <플레이보이>, <펜트하우스>, <허슬러>도 사고, 북구의 포르노 사진집도 사 봤다. 고등학교 때에는 비디오도 샀다. 도시 전설처럼 떠도는, '세운상가에서 포르노 비디오를 샀는데 집에 가 보니 동물의 왕국이었다, 전원일기였다'는 말도 경험했다. 그런 영상은커녕 아무것도 나오지 않았다. 그래서 다음 날 다시 가서 따지고 바꿔서 받아왔다. 겁은 많았지만 오기 같은 건 있었다. 막상 그들이 완력으로 끌고 가거나 했다면 겁이 나서 도망쳤을 수도 있었겠지만 그런 일은 일어나지 않았다. 얼굴을 찡그리면서 욕을 하기는 했지만 그래도 바꿔주기는 했다. 세운상가라는 공간이 점점 익숙해져 갔다.

세운상가는 서울에서도 특별한 공간이기는 했다. 1968년 도심 재개발 사업으로 세워진 세운상가는 당시 첨단의 주상복합 아파트였다. 박정희 정권에서 야심적으로 추진한 근대화 사업의 상징 같은 것이라고나 할까. 하지만 시간이 흐르면서 세운상가는 일종의 슬럼이 되었다. 궁금하기는 하다. 고급 아파트에서 사람들이 빠져나가면서 낙후하게 된 것일까, 세운상가가 공구와 기계 상가로 변하면서 자연스레 거칠고 뒤엉킨 분위기로 변한 것일까.

찰스 브론슨의 《데드 위시》가 미국에서 개봉한 것은 1974년이었다. 건축가인 폴 커시는 아내와 함께 도심의 고급 아파트에서 살고 있다. 그런데 신기하다. 시내의 고급 아파트로 걸어가는 길에는 늘 불량배와 양아치들이 곳곳에 늘어서 있고 강도짓도 빈번하게 벌어진다. 어느 날, 불량배들이 아파트에 침입하여 아내가 살해당하고, 함께 있던 딸은 후유증으로 정신병원에 입원하게 된다. 폴이 다니는 건축회사는 사람들의 거주환경 변화에 지대한 관심을 가지고 있다. 이미 도심의 중산층은 급속도로 교외로 빠져나가고 있었다. 도시의 범죄율은 날로 급증하고 치안 상황은 더욱 악화되고 있다. 경찰은 폴의 아내를 죽인 범인들이 누구인지 실마리조차 잡지 못한다.

울분을 참지 못했던 폴은 총을 들고 거리로 나간다. 조금만 한적한 골목으로 가면 바로 누군가가 따라붙는다. 칼을 들고 위협을 하며 강도짓을 하려 하면 바로 총을 쏴 버린다. 1971년에 나온 클린트 이스트우드 주연의 《더티 해리》는 제대로 기능하지 못하는 공권력을 비난하며 시스템을 박차고 나와 스스로 정의를 행하는 형사의 이야기다. 강력하게 범죄를 처단하는 보수적인 의미의 안티 히어로. 하지만 《데드 위시》의 폴은 정의를 수행하고자 하는 영웅이 아니다. 그는 단지 아내를 잃은 분노를 털어내고 싶었을 뿐이다. 《더티 해리》와 《데드 위시》가 질타하는 세상은 이미 제대로 작동하지 않고 있다. 몰락한 도심이 슬럼가가 되는 것은 하나의 예시일 뿐이다. 다만 미국에 비해 훨씬 강력한 경찰국가인 한국은 그 정도로 치안이 악화되지는 않았었다.

과거 홍콩에 있었던 구룡성채는 그야말로 '마계도시'의 전형 같은 곳이었다. 아편전쟁 후 홍콩이 영국에게 넘어갔지만 군사기지였던 구룡성채는 어중간하게 청나라에서 관할하고 있었다. 일본과의 전쟁을 거치면서 구룡성채는 더욱 더 관할이 애매해지고 영국과 중국 모두 거리를 두게 되자 무법지대처럼 변해버렸다. 1949년 중국이 공산화되면서 난민들이 몰려든 후에는 더욱 문제가 복잡해졌다. 영국이 통치하는 식민지 홍콩에서는 구룡성채를 관리할 수 없었고, 중국은 이런저런 이유로 기피했다. 80년대의 구룡성채에는 무려 5만 명이 모여 살았고, 끝없이 건물을 증축하면서 기괴한 모습으로 변해갔다. 오시이 마모루의 《공각기동대》에 등장하는 기괴한 도시의 모습은 구룡성채의 그것을 닮아 있다. 중국도, 홍콩도 지배하지 않는 치외법권이 되면서 구룡성채는 '씬 시티'가 되어 '동양의 카스바', '부유하는 슬럼', '마굴' 등으로 불리기도 했다. 구룡성채는 1992년 여름에 철거되었다.

구룡성채에 대해서는 철거된 다음에 알게 되었다. 직접 가 보지는 못했지만 구룡성채 이야기를 들으면서, 세운상가라는 공간이 기형적으로 커지고 기존의 세계에서 이탈하면 그렇게 변하지 않을까 망상도 했다. 영화나 만화에 흔히 나오는, 이 세계의 법과 질서가 통하지 않는 무법지대. 당시의 세운상가는 일종의 치외법권 같았다. 금지곡이 들어 있는 빽판을 팔고, 법으로 금지된 포르노잡지와 포르노비디오를 파는 곳. 간혹 단속이 들어가면 그들의 흔적을 찾을 수 없었지만 시간이 지나면 다들 돌아온다는 것을 알고 있었다. 세상에는 쓰레기장도, 하수구도 반드시 필요한 것이니까. 하지만 단지 그것만은 아니다. 세운상가를 단지 음침하고 외설적인 공간으로만 보는 시선에 완전히 동의할 수는 없다.

아세아극장에서 본 영화들에는 B급 오락영화만 있지 않았다. 《라스트 콘서트》 같은 영화를 재개봉하기도 했고, 개봉할 때는 인기가 없었지만 재개봉관에서 대히트를 친 《천녀유혼》도 상영했다. 대학에 들어가서는 《바보들의 행진》, 《별들의 고향》, 《겨울여자》, 《만다라》 등을 보기도 했다. 태창영화사 창립기념이라면서 과거의 영화들을 골라 상영하는 영화제를 한 것이다. 혼자 가서 예전의 한국영화들을 보는 재미는 유달랐다. 아세아극장에서 하는 영화들은 그러니까 주류에서는 조금 빗나간 영화들이었다. 블록버스터가 아닌 오락영화들, 과거 영화의 재개봉, 홍콩 액션과 무술영화 등등. 내가 아세아극장에 대해 각별한 애정을 느끼는 이유도 그것이다. 블록버스터도 대단히 좋아하지만 그런 마이너한 영화들이 나의 성장기에 중요한 영향을 끼쳤기 때문에.

세운상가를 떠올리면 수많은 생각들이 얽혀든다. 포르노처럼 자극적이고 외설적인 기억도 있고, 푸근하고 따뜻한 《천녀유혼》의 환상적인 장면들도 있다. 얼마 전 세운상가를 찾아갔다. 세운상가에서 청계천으로 갔다가 동대문운동장까지 천변을 걸었다. 종로에 면해 있던 건물은 이미 철거되어 공원으로 변했고, 세운상가의 역사를 알려주는 표식들이 있었다. 재개발은 아직 진행 중이고 조금씩 수정되면서 새로운 방향이 나오고 있다. 그 시절을 생각해보면, 아세아극장을 나와 고가를 이용하여 충무로 진영상가까지 죽 걸어갔던 기억이 난다. 도로 위로 걸어가는 기분. 최근에는 공중정원을 만든다는 말도 나오고 있다. 꽤 좋지 않을까. 종로에서 충무로까지 정원을 거니는 기분으로 걸을 수 있다면. 기왕이면 곳곳에, 과거의 기억을 되살릴 수 있는 가게들도 있으면 좋을 것 같다. 포르노잡지를 파는 것은 불가능하겠지만 소소한 CD와 책들을 파는 80년대풍으로 꾸며진 가게들로.

삥돌이

1980년대 학교주변은 무법지대였다. 귀가길에는 도처에 위험이 도사렸다. 특히 토요일 오후는 먹잇감을 찾아 '삥'을 뜯으려는 고삐리들이 떼를 지어 돌아 다녔다. 주된 표적은 갓입학한 어리버리한 신입생들이었다. 먹잇감이 지나가면 "어딜 꼬나보냐?" "왜 눈을 내리까냐" 등으로 시비를 건 다음 으슥한 골목으로 데려가 삥을 뜯었다. 벙거지 같은 교모를 쓰고 3년은 족히 입고도 남을 헐렁한 교복은 '나 잡아먹으쇼'할 정도로 팍팍 티가 났다.

1982년 중학교 3학년 때의 현태준. 당시의 유행코드는 상의는 최대한 짧게 입고 하의는 허벅지가 꽉 끼게 줄인 다음, 밑단은 길게 하고 폭을 넓혔다. 상의 안에는 빨간색 긴팔 셔츠를 입었으며 가방은 최대한 가볍게 하여 납작하게 눌러서 옆구리에 끼고 다니는 것이 멋(?)이었다. 머리도 생활주임에게 걸릴때까지 버티는 것이 포인트.

그중에서도 제일 안타까운 경우는 키가 작아 신입생으로 보이는 바람에 중3이 되어서도 삥을 뜯기는 애들이었다. 대부분은 학년이 올라가면서 신체발달로 교복이 작아지고 자연스럽게 '핏'이 서면 삥을 뜯기지 않았다. 눈치도 빨라졌다. 항상 전방을 예의주시하며 무리지어 있는 놈들을 피해갔다. 후문주변이 가장 위험하여 될수 있으면 서너명과 함께 위험지대를 벗어났다. 고교생이 되자 삐딱한 교모와 윗단추를 푼채 줄인 바지를 입고 다녔다. 그후 불쌍한 신입생들은 한명도 만나지못했다.

삥 뜯는 법 기초강좌
①항상 3인조로 활동한다
넷은 눈에 띄고
둘은 왠지 허전~
가끔 쏠로로 뛰는 놈도 있습죠
②장소 물색~ 학생들이 자주 드나드는 곳으로~
XX문구
OO서점
△△분식
요렇게 짱 박혀 있다가…
③목표물 발견! 시비를 건다
써발 졸라 재수 없는데?
④으슥한 곳으로 끌고간 다음, 그럴싸한 요구를 한다
우린 불우이웃돕기 성금을 모집중이야
⑤순순히 돈을 안 내놀 경우에는…
만약 뒤져서 나오면 10원에 한대씩 맞는 다잉~
그래도 없는데유…
⑥점점 공포감을 조성…
써발놈이….
뒈질려구..
홀랑 벗어! 쌰~
⑦행님들… 오늘 제삿날 인줄 알어…
LOVE
잉~좃됐다..
⑧간혹 실패할 경우, 모든 책임은 본인들에게 있습니다요~
으아아앙—엄마—
또 봐용
야—호—
독자 여러분은 흉내 내지 마세요~

커피 한 잔을 시켜놓고

다방은 어른들의 공간이었다. 마담이 있고, 레지가 있고, 어른들이 커피나 쌍화차를 마시며 노닥거리는 곳. 한국 영화나 드라마에서 보던 다방은 그리 매력적인 공간은 아니었다. 어린 시절에 먹고 마시는 행위는 단순히 식욕을 만족시키기 위한 것이었고, 다방은 뭔가를 먹기 위해 가는 곳은 아니었다. 그러니까 그 시절의 어른들은 마담, 레지와 시시덕거리거나 지분거리기 위해 다방에 가는 것이라고 생각했다.

다방보다는 커피숍을 먼저 갔다. 중학교 때, 명동에 있는 커피숍이었다. 처음으로 사이폰 커피를 마셨다. 화학실에서나 보았던 이상한 모양의 기구를 들고 와서, 알코올램프에 불을 붙인다. 동그란 비커에 들어 있던 물이 위로 올라가면서 검게 변하고 불을 끄면 다시 내려온다. 그걸 잔에 따라서 마시면 향기로운 냄새가 감돌았다. 맛이 기억나는 것이 아니라 그 냄새가 확연하게 남았다. 그리고 커피가 만들어지는 일련의, 신기한 과정의 이미지가.

하지만 당시 다방에서 마시는 커피는 원두가 아니라 분말이었다. 커피를 시키면 설탕과 프림의 양을 물어본다. 대체로 둘. 둘이나 셋이 기본이었던 것 같다. 설탕 둘에 프림 둘. 블랙으로 커피를 마실 수 있다는 생각은 아예 없던 시절이었다. 그리고 내가 다방에 출입하게 된 이유는 절대 커피 때문이 아니었다. 지금은 커피를 마시기 위해서, 기왕이면 맛있는 커피를 만나기 위해 신중하게 카페를 고르지만 그때는 아니었다. 고등학교 때 처음으로 다방에 출입하게 된 이유는 오로지 영화 즉 비디오를 보기 위해서였으니까.

고등학교 1학년 겨울방학이었다. 형, 형 친구와 함께 집 앞에 있는 다방에 들어갔다. 영빈다방. 형은 곧 졸업할 고3이었으니 거리낄 것이 없었다. 나도 명목상 보호자가 있는 것이니 별 생각 없이 들어갔다. 그리고 처음으로 다방에서 비디오를 봤다. 영화가 뭐였는지는 기억이 안 난다. 그때 알게 된 사실은 다방에서 비디오를 튼다는 것. 당시 커피 한 잔에 300원 정도 했다. 커피 한 잔을 시키면 최소 한 편에서 길게는 세네 편을 볼 수도 있었다. 하릴없이 시간을 때우기에도, 영화를 보기에도 최적의 장소였다. 겨울방학이 끝나고 고2가 되어서는 거의 매일같이 다방을 드나들었다. 영빈다방과 신촌 기차역 앞에 있는 귀하다방 두 곳이 단골이었다.

80년대 초부터 반포와 방배동을 중심으로 복사한 비디오를 빌려주는 곳이 생겼다. 처음에는 비디오를 가진 가정이 많지 않았기에 다방과 만화가게 등에서 비디오를 설치하고 틀어줬다. 저작권에 대한 개념이 아예 없던 때라 불법이라는 생각도 없었다. 포르노 비디오를 틀어주는 게 위험하다는 생각이 드는 정도였다. 그런 다방과 만화가게 입구에는 틀어주는 영화의 제목을 적은 리스트가 있었고, 시간까지 정해서 상영시간표를 붙여놓기도 했다. 보고 싶은 영화가 있으면 시간 맞춰 들어와 볼 수 있도록. 다방에서 볼 수 있었던 TV

는 작은 화면이었다. 그 시절에는 20인치가 제일 큰 화면이었으니까, 다방에 있는 TV는 기껏해야 13이나 17인치 정도였다. 80년대 후반쯤에는 만화방으로 이름을 바꾼 만화가게에서 20인치 이상의 TV를 가져다 놓는 경우가 많았지만, 80년대 초반에는 대부분 작은 화면으로 영화들을 봐야 했다. 그것만으로도 좋았다.

청소년 시절, 다방에서 많은 영화를 봤다. 다방의 마담이나 레지는 영화에 대한 정보가 없었다. 기껏해야 극장에서 개봉하는 영화를 틀면 손님이 많이 온다는 정도였다. 다방과 만화가게에 전문적으로 비디오를 빌려주는 업자가 있었다. 일주일에 한 번 정도 들러서 일괄적으로 몇 개씩 테이프를 바꿔줬다. 액션, 코미디, 호러 등 다양한 장르의 영화들을 알아서 큐레이션해준달까..그들도 딱히 전문적인 정보는 없었지만 언제나 그렇듯 대규모 조직으로 움직이게 되면서 틀어주는 영화들이 다양해졌다. 극장에서 개봉하는 할리우드 영화와 홍콩 영화는 기본이었고 한국에서 상영이 불가능했던 일본 영화도 있었다. 구로사와 아키라의 《란》, 당시 최고의 아이돌 스타였던 야쿠시마루 히로코가 출연한 《사토미 팔견전》 등도 다방에서 볼 수 있었다.

야한 영화들도 있었다. 그 시절에 제일 좋아했던 배우 나스타샤 킨스키가 나온 장 자끄 베네 감독의 《하수구에 뜬 달》도 다방에서 먼저 봤다. 후일 장 자끄 베네는 선정적인 영화 《베티 블루》(1986)로 한국에서도 인기 감독이 되었다. 《베티 블루》도 정사 장면이 파격적이지만 《하수구에 뜬 달》도 못지않았다. 그런데 문제가 있었다. 극장 개봉작들은 자막을 구해서 입력한 경우가 있었지만 80년대 초반까지 대부분의 비디오에는 자막이 없었다. 《하수구에 뜬 달》은 초반에 시체가 등장하고, 죽은 이의 환상이 현재 진행되는 사건에 겹쳐지면서 도저히 무슨 내용인지 알 수 없었다. 아름다운 영상과 나스타샤 킨스키 때문에 다섯 번 이상을 봤지만 스토리를 제대로 이해하지 못했다.

일본의 핑크영화들도 가끔 봤다. 영빈다방은 변두리 동네 봉천동의 다방이라 그런지 단속도 거의 없었고, 출입에도 제약이 없었다. 그곳에서 처음으로 일본 핑크영화를 보게 되었는데, 첫 작품부터 꽤 셌다. 유명한 SM 소설가인 단 오니로쿠의 소설을 각색한 영화였는데 아마도 《뱀과 채찍》이었던 것 같다. 영화가 시작되면 클럽의 작은 무대가 나오고 공연이 시작된다. 여인이 나와서 하나둘 옷을 벗는다. 그냥 스트립쇼가 아니라 SM 쇼였다. 일본 포르노잡지에서 '결박'을 본 적은 있었지만 직접 움직이며 밧줄로 여인을 묶는 모습을 본 것은 처음이었다. 영빈다방에서는 아주 가끔 핑크영화를 볼 수 있었다.

핑크영화: 일본에서 시발된 영화 장르로 남녀의 정사를 주로 다룬 영화

베티 블루

뱀과 채찍

포르노를 틀어주는 곳은 많지 않았다. 세운상가에서 구해 아무도 없을 때 집에서 본 적은 있었지만 다방에서 본 적은 단 한 번, 대학 때였다. 1학년 때 친구들과 함께 술을 마셨다. 보통의 주량인 나를 제외한 셋은 엄청난 술꾼이었다. 8시 정도부터 마시기 시작해서 서너 시간 동안 소주 20병을 훨씬 넘게 마셨다. 나는 기껏해야 3병 정도였다. 다들 엄청나게 취해서 술집을 나왔다. "2차 가자." 한 친구가 답했다. "우리 비디오 보러 가자." "비디오?" "알잖아. 왜 그래?" 그때의 비디오는 그냥 영화가 아니었다. 술에 잔뜩 취해서 영화를 보러 가자 할 이유도 없었다. 학교 앞, 아마 이름이 석탑다방인가 그랬을 거다. 그곳에서는 밤 12시인가, 1시인가 정도의 심야에 포르노를 틀어줬다. 어차피 차는 끊겼고, 어디엔가 가서 술을 마셔야 할 상황이라 다들 동의했다.

다방은 꽉 차 있었다. 오로지 남자들, 혈기왕성한 20대 초반의 남자들뿐이었다. 목적은 동일하고, 대부분이 담배를 피워 물고 있었다. 시작하기 전부터 기묘한 긴장이 흘렀다. 불법의 현장이었지만 그건 중요하지 않았다. 긴장이 되기도 하고, 어딘가 나른하고 밤꽃 냄새가 날 것도 같은 눅눅하고 질척한 분위기였다. 후일담이지만 언젠가는 TV 뉴스에서, 단속에 걸린 석탑다방의 풍경이 나온 적도 있었다. 추리닝을 입은 학생들이 고개를 푹 숙이고 나오고 있었다. 추리닝에는 크게 학교 이름이 붙어 있었다.

술에 잔뜩 취해서, 포르노가 시작되기를 기다리고 있었다. 네 명이 앉아 있는데, 한 친구가 일어났다. 풀린 눈으로 우리를 보며 말했다. "잠깐 나갔다 올게." 취한 우리들은 별말 하지 않았다. "그래." 잠깐 나갔다 오겠다며 사라진 친구는 30분이 지나도 오지 않았다. 이미 포르노는 시작했다. 남녀의 신음소리가 다방을 가득 채우고 있을 때, 또 한 친구가 일어났다. "안 되겠다. 이 자식 어디 쓰러져 자는 거 아냐?" 두 시간도 채 되지 않는 포르노가 끝날 때까지 두 명 다 돌아오지 않았다. 다방을 나가 담배를 피면서 잠시 기다렸지만 소용없다는 사실을 알고 있었다. 밤은 깊었고 어디론가 가야했으나 돈이 없었고, 잠을 재워 줄 자취방이 있는 친구는 사라졌다. 다시 학교에 들어가 강의실 의자에서 잠을 잤다. 아침에 수위 아저씨가 들어와 깨울 때까지. 나중에 물어보니 한 친구는 아침에 제기천 옆에서 깨어났고, 한 친구는 문대 앞 잔디밭에서 등교하는 학생들의 싸늘한 눈초리를 받으며 일어났다고 했다. 그들은 포르노를 보지 못한 것을 안타까워했지만 그리 심각하게 여기진 않았다.

1980년대 후반의 다방은 이미 대학생들이 가는 곳이 아니었다. 카페라는 이름의 공간이 막 생기기 시작한 때였다. 차이는, 내부 장식이 세련되었고 마담과 레지가 없다는 것. 음료의 종류가 조금 더 다양하다는 것. 대신 다방보다는 모든 음료가 100원 정도 더 비쌌다. 그 시절의 100원은 지금의 천 원 정도일까. 비디오를 보지 않으면서 다방을 간 경우는, 이야기를 할 곳이 필요한데 주변에 카페가 없을 때였다. 그것도 아니면 누군가의 눈을 피하고 싶을 때였다. 학생운동이 한창 전성기일 때라, 비밀 이야기를 하거나 운동권의 사람을 만날 때는 카페보다 다방을 고르는 경우가 많았다. 그곳에는 대학생들이 거의 없어 감시하는 경찰도 없을 거라고 생각한 것이다. 그다지 개연성 없는 판단이었지만 그때는 그렇게 믿었다. 다방은 중년 아저씨들이 가서 노닥거리는 곳이라고만 생각했으니까.

젊을 때의 우리들은 마담과 레지가 있는 다방이 필요 없었다. 당시의 카페는 칸막이로 되어 있는 곳이 많았다. 다른 사람들의 눈을 피해서 칸막이 안에서 많은 것을 할 수 있었다. 사회과학 세미나를 할 수도 있었고, 연인과 키스를 하거나 조금 더 나갈 수도 있었다. 그러니 다방을 갈 이유는 더욱 더 없었다. 모든 것이 개방되어 있는 공간은 90년대가 되어 '보디가드' 등의 카페 체인점이 생겨나면서 익숙해졌다. 통유리로 안과 밖이 훤히 보이고, 테이블마다 전화가 놓여 있어 걸려오는 전화를 받을 수 있고, 다른 테이블로 전화를 걸 수도 있는 공간. 개인은 폐쇄적인 자신만의 공간을 원한다고 생각하기 쉽지만 동시에 자신을 드러내고 과시할 수 있기를 원한다. 집단의 일부가 아닌 독자적인 자기 자신을 강조하기 위해서는 오히려 개방된 공간이 필요해진다. 인터넷 시대의 SNS처럼.

짝사랑

남녀공학고교에 당첨되던 날, 나는 속으로 쾌재를 불렀다. 청순한 여학생들과 함께 교정을 거니는 상상을 하니 청춘의 샘이 마구 솟았다. 그러나 아쉽게도 반이 나뉘져 있었다. 수업도 따로 듣고 층수도 달랐다. 그나마 특별활동 시간에 함께 할 수 있는 것이 큰 다행이었다. 그외에도 조회시간이나 점심때는 복도에서 많은 여학생을 볼 수 있었다. 여학생들과 마주 칠 때마다 딴청을 했지만, 예의주시한 결과, 서너 명의 여학생을 맘에 새겼다. 한명보다 여러명을 좋아하면 마주칠 기회가 많이 생겼기 때문이었다. 그날의 일기장에는 A가 나를 보자 수줍에 했고 B는 내가 너무 좋아서 고개를 숙이며 지나갔고 C는 새침떼기여서 좋아도 모른척 지나가더라~ 식으로 적으면서 흐뭇해 했다. 그녀들의 상상을 하고 있노라면 지루한 수업시간이 금방 지나갔다.

파마머리를 하고 짧게 줄인 치마를 입은 여학생도 있었지만 나는 생머리에 깨끗한 양말을 신고 다니는 여학생에게 끌렸다. 일기장에는 그녀들의 얼굴을 그려가면서 수많은 이야기를 써내려갔다. 비록 그녀들을 알지 못하고 그녀들 또한 몰랐겠지만 그렇게 청춘의 비망록은 채워졌다.

못잊어, 속옷광고를 찾아서

1970~80년대는 무수한 꿈나무들이 속옷광고에 관심이 높았습니다. 그리하여 오늘날 국내 속옷 패션 산업이 발달했는지도 모릅니다...

비비안 로얄브라, 거들, 1978년

비비안 몰드브라, 1976년

반달표 스판브라자, 1973년

비비안 팬티스타킹, 1978년

비너스 아프로브라, 1979년

유명산업 라보라, 1978년

만화가게가 만화방이 되기까지

만화가게는 아이들의 공간이었다. 그게 당연하다고 생각했다. 심지어 나는 중학생이 되면서 만화가게 출입을 하지 않기로 결심했다. 만화가게는 아이들이나 가는 곳이라고 믿었기 때문이다. 대신 서점에서 고우영의 『일지매』와 『삼국지』, 몽키 펀치의 『루팡 3세』 등을 사서 읽었다. 이제 중학생이 되었으니 어른들이 보는 만화를 봐야 한다고 생각했다. 고등학교 때는 비디오를 보기 위해 가끔 만화가게에 가다가, 이현세의 『공포의 외인구단』을 본 후로는 자주 출입하게 되었다. 만화가게는 더 이상 아이 때나 가는 곳이 아니었다. 그리고 어른을 위한 만화가 있다는 걸 분명히 알게 되었다. 대학 때는 너무 자주 가서 문제였고.

월간지인 <만화광장>이 창간한 것은 1984년의 일이다. 대학에 들어간 85년부터는 한국 만화가 붐을 이루기 시작했다. 아이들이 보는 만화잡지밖에 없던 상황에서 <만화광장>에 이어 주간지인 <매주만화>, <주간만화>, <미스터블루> 등이 연이어 만들어지고 이현세, 허영만, 고행석, 이재학, 김혜린, 신일숙 등 다양한 장르의 뛰어난 작가들이 지속적으로 작품을 발표했다. 그리고 일본 만화들이 번역되어 만화(가)게에 대규모로 깔리게 되었다.

이즈음부터 만화가게는 '만화방'이라는 이름으로 대체되기 시작했다. 과거의 만화가게는 그야말로 조그마한 가게였다. 동네의 허름한 가게 안에 판자와 고무줄을 이용하여 벽에 만화가 걸려 있었다. 책상은 없고, 의자도 등받이도 없는 나무의자였다. 반면 대학교 앞에 많이 생겨났던 만화방은 규모부터가 달랐다. 기존 만화가게보다 훨씬 큰 공간에 푹신한 의자와 편하게 볼 수 있는 테이블도 있었다. 한쪽에는 늘 비디오를 틀어주는 TV도 있었다. 그리고 통금이 없어지면서 심야 영업을 하는 만화방도 많았다. 술을 마시다가 잘 곳이 없으면 만화방에 가서 만화를 보다 잠을 자는 경우도 많았다.

서울역과 영등포역 근처에는 아예 숙식이 가능한 만화방도 생겨났다. 샤워실과 개인 락커가 있고, 수면실도 따로 있었다. 빈궁하여 여인숙을 빌리기에도 부담스러운 사람들이 그곳에 기거하면서 일을 나갔다. 그런 만화방이 있다는 것은 알고 있었지만 가 본 것은 친구 때문이었다. 친구가 술집에서 일하다가 싸움이 났고, 상대가 부상당해 입원한 것을 알고는 도망쳐 다니고 있었다. 어떻게 연락이 되어 만나기로 했는데, 그때 그 녀석이 숨어 있던 곳이 서울역 앞 만화방이었다. 말로는 아주 좋다고 했다. 잠도 자고, 샤워도 하고, 마음대로 만화도 보고 TV도 볼 수 있다고 했다. 그 친구와 함께 가 봤지만 그냥 만화방이었다. 학교 앞 만화방보다 훨씬 크고, 그런데도 이상하게 음침한 느낌이 드는 공간. 어른의 공간이기는 했지만 굳이 들어가고는 싶지 않은 공간.

장미빛 인생

후일 김홍준 감독의 영화《장미빛 인생》에 그 시절의 만화방이 등장했다. 그렇게나 미인인 만화방 여주인은 현실에서 본 적이 없었지만 풍경만은 꽤나 사실적이었다. 당시에 운동권 학생들은 만화를 무척이나 즐겼고, 건너 건너 누군가는 정말로 이대 앞에서 만화방을 하기도 했었다. 그만큼 만화는 당시의 대학생들에게 친숙한 문화였다.《장미빛 인생》은 퇴락한 변두리의 만화방을 통해서, 아련하게 그 시절의 추억을 장밋빛으로 감쌌다.

빨간만화

중학교에 입학후 키순서로
책상을 배정받았다. 덕분에
명당자리인 맨 뒷줄 구석탱이에 앉았다.
우리반은 72명이나 됐으므로 조금만 고개를
숙이면 수업시간에 얼마든지 딴짓을 할수있었다.
큰 놈들 중에는 세상물정 다 아는 조숙한 녀석들도
많았는데 하루는 이상한 만화책을 가져와서 자랑하는
것이 었다. 거친 갱지에 조악하게 인쇄한 빨간만화책
이었다. 그림은 거의 화장실 낙서 수준으로 황당무계하
게 여자들하고 응응하는 내용이었지만 보고 있으면
야릇한 해방감을 느꼈다. 게 중에는 상상력이 뛰
어난 작품들도 있었다. 어찌나 우끼던지 수십년이
지난후에도 한컷 한컷이 생생하다. 아직도

불법성인만화 『여명(1980년대)』의 한장면

복간 不法성인극화
석양의 똘똘이
미성년자 사절
※본 만화는 1980년대의 빨간만화를 생각나는데로 재구성한 것임.
OK포차
서부의 어느술집~
끼…익..
짠-
내 이름은 킹좌쥐다~
나보다 큰놈은 나와라
우앗- 엄청나다
후후후…. 가소롭구나
넌누구냐!
애꾸눈 롱좌쥐로 불러다오
헉!
똘똘이
와- 너무 길어서 바지밑으로 삐져나왔네
우하하하- 감히 내앞에서 봐라~ 나는 소를 잡을수도 있다!
아잉- 부끄러워잉……
똘똘이
빙글-
빙글-
OK포차
나는야 카우좌쥐다~
으… 세상은 넓고 고수는 많구나..
찍!
깨갱~
크..분하다…

책으로 배운 어른들의 이야기

《세상 밖으로》를 만든 여균동 감독의 《맨?》이라는 영화가 있다. 1995년 작품이다. 배우로도 많이 출연했던 여균동이 직접 주연도 했다. 원래 제목은 '포르노 맨'이었다. 제목이 왜 포르노 맨에서 맨으로 줄었을지는 물어보지 않아도 짐작이 된다. 그렇다면 영화 내용도 그럴까? 그렇다. 《맨?》은 포르노의 세계, 그중에서도 금발 여인의 고혹적인 모습에 탐닉하는 남자들의 이야기다. 사실적이지는 않고 현실에 바탕을 둔 몽상 정도. 당시 영화는 흥행에서 망했다. 관객도 별로 보지 않았고, 평가도 그저 그랬다.

《맨?》의 소재가 다루기 어려운 이야기이기는 했다. 한국 남자라면 일단 누구나 공감할 수 있지만 지극히 은밀하고 저마다의 몽상으로 뒤틀려 있기 때문에, 그것을 보편적으로 표현하기는 쉽지 않았을 것이다. 70~80년대에 유년과 사춘기를 보낸 한국 남자 중에서 <플레이보이>를 비롯한 도색잡지를 보지 않은 이가 몇이나 될까? 사 보지는 않았어도, 학교에서 돌아다니는 잡지를 어깨 너머로 쳐다본 경험 정도는 누구에게나 있다. 그 시절에는 일본 잡지가 거의 없었고, 오로지 서양의 포르노잡지를 통해서 여체의 신비를 배웠다. 그러다 보면 금발 여인에 대한 로망이 피어나기 시작한다. 몸매가 늘씬한데 가슴도 큰 금발 여인이 그윽하거나 도발적인 눈매로 쳐

다보면 정신이 아득해진다. 부연설명 없이 사진만으로도 충분히 자극적이다.

1981년, 미국의 제이 가일스 밴드가 「센터폴드(Centerfold)」란 노래를 발표했다. 그들의 최고 히트작이었던 「프리즈 프레임(Freeze Frame)」 앨범에 들어 있는 곡이었다. 당시 최신 팝송을 제일 빠르게 듣는 방법은 미군방송인 AFKN을 이용하는 것이었다. 매주 케이시 케이섬이 진행하는 《아메리칸 탑 40》를 들었다. 그리고 1981년에 시작된 MTV 덕분에 AFKN TV방송에서 뮤직비디오를 볼 수 있게 되었다. 한국에서도 인기 있었던 노래 「센터폴드」의 뮤직비디오를 봤다. 그리고 알게 되었다. '센터폴드'가 무엇인지를. 센터폴드는 단어의 뜻 그대로, 가운데 들어간 접지를 말한다. <플레이보이>와 <펜트하우스> 등을 보면 잡지의 한가운데 페이지에 종이가 접혀져 있다. 그것을 펼치면 예전 달력 크기 정도에 여인의 전라 사진이 담겨 있었다. 그것이 바로 센터폴드였다. 센터폴드는 그 달의 표지를 장식한 여인이 차지했고, <플레이보이>에서는 그녀를 '이 달의 플레이메이트'라고 불렀다.

「센터폴드」의 가사는 어느 날 도색잡지를 보았더니, 고등학교 때 사랑했던 여인이 센터폴드로 나왔다는 이야기다. 한국으로 치면, 노래방에서 도우미를 불렀더니 동창이 왔다던가 하는 정도의 충격일까. 뮤직비디오에도 그런 미묘한 순간의 이미지들이 담겨 있었다. 당혹스러움과 창피함 그러나 그 이상의 흥분과 자극, 그리고 무엇보다도 아련하고 씁쓸한 그리움. 그러고 보면 노래방 정도가 아니라, 알던 여인을 우연히 국산 야동에서 발견하는 것에 필적한다고 봐야 할까? 2015년 《슈퍼스타 K》에 나왔던 중식이 밴드의 노래 중에는 「야동을 보다가」라는 노래가 있다. 딱 그런 가사다. '카메라를 보지 마, 그런 눈을 하지 마, 니가 다른 누군가와 사랑하는 모습 보여주지 마.' 21세기 한반도에서 힘겹게 살아가는 청춘의 이야기를 진솔하게 담아내는 중식이 밴드의 「야동을 보다가」는 명곡이다. 이런 설정은 일본 AV(Adult Video)에도 많이 있다. 데리헤루[일종의 콜걸]를 불렀더니 동창이 왔다, 시리즈 같은 것. 당시 「센터폴드」의 인기가 좋았던 것에는 그런 공감대 역시 있었을 것이다. 물론 해석하기 전까지 그 노래가 그런 상황을 담았다는 것은 전혀 몰랐겠지만. 숱한 금지곡이 있던 시절이지만 「센터폴드」가 금지곡이 아니었다는 것을 보면 아마 검열관들이 해석을 안 해봤을 것이다.

포르노, 도색잡지도 천차만별이다. 70~80년대까지는 거의 다 서양 것들이었다. 처음에는 아는 잡지 제목도 <플레이보이> 하나뿐이었다. 그러다 세운상가에 드나들기 시작하면서 <플레이보이>만이 아니라 <펜트하우스>, <하이 소사이어티>, <허슬러>, <클럽> 등 다양한 잡지가 있다는 것을 알게 되었다. 그리고 잡지들이 내세우는 콘셉트가 저마다 다르다는 것도 알게 되었다. 번듯한 직장을 가진 인텔리 남성들도 부끄럽지 않게 볼 수 있는 <플레이보이>부터 의도적으로 저속하고 도발적인 날을 바짝 세운 <허슬러>도 있었다. 아무런 정치색이나 풍자 같은 것 없이 오로지 섹스만 보여주는 잡지들도 있었다.

<플레이보이>는 1953년 휴 헤프너가 창간한 잡지다. 흔히 포르노잡지라고 부르기는 하지만「플레이보이」는 포르노라기보다 누드 사진을 싣는 남성 잡지라고 할 수 있다. <맥심>과 <FHM> 같은 남성지는 야한 사진을 싣지만 유두가 노출된 사진은 거의 싣지 않는다. <플레이보이>는 유두가 나오고, 성기의 모습도 어느 정도까지는 나오지만 성기를 클로즈업하거나 성행위 사진을 노골적으로 싣는 경우는 없다. 포르노가 아니라 말 그대로 누드 사진이다. 그런데 최근 <플레이보이>에서는 아예 누드 사진을 싣지 않겠다고 발표하기도 했다. 누드와 포르노를 인터넷에서 거의 무제한으로 볼 수 있게 된 21세기에는 고급한 누드를 보여준다는 <플레이보이>의 목표가 애매해졌기 때문이다.

한때 남성지 <에스콰이어>에서 에디터로 일하기도 했던 휴 헤프너는 분명한 전략을 가지고 있었다. 전통적인 남성 잡지와는 노선을 달리하는 '잘 노는' 남자의 잡지를 만들겠다는 의도였다. 기존에도 누드 잡지는 있었지만, 그런 잡지를 보는 사람들은 블루 컬러의 저급한 취향을 가진 부류로 취급되었다. 휴 헤프너가 원한 것은 중산층의 회사원이나 지식인들도 거리낌 없이 볼 수 있는 '남성' 잡지였다. 품격 있는 인터뷰와 칼럼, 세련되고 도발적인 일러스트레이션, 아름답고 고급스러운 누드 사진 등이 어우러진 남성 잡지라면 성공가능성이 있다고 생각했다.

마침 휴 헤프너는 당시 최정상의 인기를 누리게 된 마릴린 먼로가 이전에 찍었던 누드 사진을 입수했다. 대중의 관심을 끌기에는 먼로의 사진만으로도 충분했고 <플레이보이>는 대성공을 거두었다. 당시 남자가 <플레이보이>를 보는 것은 부끄러운 일이 아니었다. 아니 적어도 변명거리는 확실하게 있었다. 노먼 메일러와 존 어빙과 커트 보네거트 등의 소설, 존 레논과 마틴 루터 킹과 피델 카스트로 등의 인터뷰, 정치·경제·사회·문화의 모든 것을 파헤치는 논픽션 그리고 칼럼이 실린 <플레이보이>는 종합적인 교양지로서의 가치가 충분히 있었다. 저속하고 천박한 문화를 다룰 때 고급스럽게 포장하는 것은 중요한 일이다. 저속하니까 부정하는 것이 아니라 하위문화를 고급스러운 방식으로 변형하는 것이 가능함을 증명하는 것만으로도 새로운 소비층이 생긴다. 『그레이의 50가지 그림자』가 그랬듯이.

<플레이보이>의 전성기는 1970년대였다. 70년대는 그야말로 흥청망청의 시대였다. 세상을 바꾸겠다는 60년대 젊은이들의 시도는 실패로 끝났고, 시대를 뒤흔들었던 에너지는 다른 방향으로 흘러들었다. 그중 하나는 섹스였다. 프리섹스와 스와핑이 흔해지고 쾌락주의가 대두되었다. 명상과 수행에도 섹스가 자연스레 끼어들었다. 토끼의 귀 장식을 머리에 달고 하이레그에 탱크탑, 검은 스타킹의 바니걸이 시중을 드는 플레이보이 클럽이 미국 전역에서 성업했다. 휴 헤프너는 자택인 플레이보이 하우스에서 <플레이보이>에 나온 모델인 플레이메이트들과 연일 파티를 벌였고, 빌 코스비와 플

레이메이트들이 출연하는 토크쇼를 진행하기도 했다. 당시의 풍경을 그린 미국 드라마로는 앰버 허드가 나온《더 플레이보이 클럽》이 2011년에 방영되었지만, 저속하다는 비판을 받으며 시즌 1도 채우지 못하고 7개의 에피소드로 끝나버렸다. 50년이 흘러도 세상은 여간해서 바뀌지 않는다.

80년대까지도 <플레이보이>는 포르노잡지의 대명사였고, 세운상가에 가서 처음 포르노잡지를 살 때 달라고 한 것도 <플레이보이>였다. 그때 아저씨가 그것보다 재미있는 게 있다면서 내준 잡지가 <클럽>이었다. <클럽>을 보고, <허슬러>를 보고, 북구의 포르노 사진들도 보다 보니 <플레이보이>는 조금 시시해졌다. 영어를 다 읽고 해독하는 능력이 그 시절에 있었다면 <플레이보이>를 탐독했을지도 모르지만, 그때 내가 본 것은 사진과 그림뿐이었으니까. <플레이보이>와 비슷하면서도 조금 더 야한 잡지는 <펜트하우스>와 <하이 소사이어티>였다. 한때 <플레이보이>의 경쟁지라고도 했던 <펜트하우스>의 사진은 조금 더 야했다. 성기를 조금 더 노골적으로 보여줬으니까. 그래도 지나치게 저속하게 보이지 않으려고 애를 쓰기는 했고, 그런 덕에 딱히 색깔이 드러나지는 않았다.

노골적인 포르노잡지의 대명사는 <허슬러>였다. 영화로도 만들어진《래리 플린트》의 그 남자가 만든 포르노잡지.《헤어》와《아마데우스》를 만든 밀로스 포만이 연출한《래리 플린트》의 원제는 'The People vs. Larry Flynt'다. 정말로 대중과 래리 플린트가 한판 붙었다는 의미가 아니라 원고가 검사 개인이나 정부가 아닌 국민이라는 것이다. 형사 범죄로 처리되면 검사는 국민을 대신하여 기소를 하게 된다. 당시에 <허슬러>가 기소된 재판은 미국에서 유명한 폴웰 목사가 명예훼손으로 고소한 사건이었다. 1983년 <허슬러>에 폴웰이 어머니와 근친상간을 했다는 투의 패러디 만평을 실은 것이다. 이전에도 <허슬러>에는 폴웰을 조롱하는 내용이 많이 있었다. 여기서 논쟁의 핵심은 폴웰이라는 유명인에 대한 조롱과 풍자가 과연 공익에 합당하는가의 문제다. 즉 표현의 자유, 언론의 자유에 해당하는가 아닌가. 만약 <허슬러>가 패배한다면 표현과 언론의 자유에 대해 제한을 둘 수 있다는 의미이기에 사건은 단지 폴웰과 래리 플린트의 싸움이 아니라 미국 사회에서 표현의 자유가 어디까지 가능한지를 묻는 시험대가 되었다.

<허슬러>를 창간한 래리 플린트의 타깃은 <플레이보이>였다. 스트립 바를 경영하던 래리 플린트는 <플레이보이>에 불만이 많았다. 젠체하면서 위선적인 태도를 보인다고 생각한 것이다. 래리 플린트는 직접 포르노잡지를 만들기로 작정하고 <허슬러>를 만들었다. 고상하거나 고급스럽게 포장하지 않고, 저속하고 너저분한 인간의 욕망을 그대로 드러내겠다고 선언한 것이다. 유명 연예인이나 일반인을 모델로 끌어들인 <플레이보이>와 달리 <허슬러>는 포르노 배우들이 모델로 서는 경우가 태반이었다. 성기를 노골적으로 클로즈업하거나 성교 장면을 시간 순으로 보여주는 사진을 실었기 때문에 일반인이 나오는 것은 거의 불가능했다.

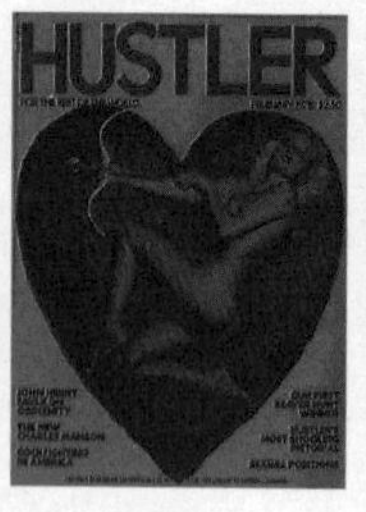

플레이보이
허슬러
펜트하우스

<허슬러>의 전략은 절대로 위선을 떨지 말자는 것이었다. 그러니 겉으로는 도덕과 정의를 부르짖으며 속으로는 온갖 파렴치한 짓을 하고 다니는 정치인이나 종교인을 조롱할 수밖에 없었다. <허슬러>의 기사와 칼럼, 만평 등은 지극히 공격적이고 외설적이었다. 대통령과 유명한 종교인이 파티에서 애널 섹스를 하는 그림 정도는 늘 실렸다. 그러다가 결국 참지 못한 폴웰 목사가 고소를 한 것이었다. 영화를 보면, 재판을 거치면서 래리 플린트는 거의 포기 직전까지 몰리며 힘들어 하지만 결과적으로는 잘된 일이었다. 재판장은 보수주의자로 알려진 윌리엄 렌퀴스트였지만 오히려 표현의 자유를 인정하며 래리 플린트의 손을 들어준 것이다. 그 후로 미국의 언론은 물론이고 영화, 개그 등에서 정치인, 경제인, 종교인 등 공인에 대한 풍자와 조롱은 거의 무제한적인 자유를 얻게 되었다.

1996년 《래리 플린트》가 만들어져 베를린 영화제 경쟁부문에서 공개했을 때 영화제 취재를 가게 되었다. 유력한 그랑프리 후보작이어서 주의 깊게 영화를 보았고, 감독인 밀로스 포만의 인터뷰도

하게 되었다. 우디 해럴슨과 코트니 러브의 연기도 좋았다. 지금도 영화에서 기억에 남는 한마디가 있다. 당시 찬반 입장이 워낙 격렬하여 정신적으로 심대한 스트레스를 받았던 래리 플린트는 거의 붕괴 직전까지 몰린다. 1978년에는 총격을 당해 휠체어 신세가 되기도 한다. 그러면서도 그는 자신의 입장을 포기하지 않는다. 그리고 말한다. “만약에 내가, 허슬러(의 표현의 자유)가 보호받을 수 있다면 미국의 모든 사람들, 매체가 자유로울 수 있는 것”이라고. 누구는 저속하고 쓰레기라고 비난할 수 있지만, 그런 <허슬러>가 보호받는다면 이후로는 어떤 매체건 자유롭게 발언하고 표현할 수 있다는 의미였다. 그리고 <허슬러>의 승소로 미국에서 표현의 자유는 보장되었다.

영화를 보면서 한국을 떠올렸다. 마광수와 장정일 등등. 외설 혐의로 법정에서 재판을 받을 때, 그들은 기존의 문단에서 거의 도움을 받지 못했다. 진보가 아니라 자유주의자라고 해도 절대적으로 지지해야 할 표현의 자유를 적극 옹호하기는커녕 작품의 수준이 안 되니까, 지지하면 한통속으로 묶이니까 등의 생각으로 외면했다. 작품의 질을 따져서, 상층이면 보호받아야 하고 쓰레기는 보호받을 가치가 없다는 생각이야말로 엘리트주의고 파시즘이다. 쓰레기라 해도 보호받을 가치가 있고, 동의하지 않아도 보호해야 할 의무가 있다. 이현세의 『천국의 신화』가 같은 외설 혐의로 걸렸을 때는, 그나마 이현세가 만화계의 현역 원로급이기 때문에 만화계의 지지와 옹호를 받을 수 있어 다행이었다. 한편 씁쓸하기도 했고.

막상 과거에 <허슬러>를 볼 때는, 이 잡지가 대단히 도발적이고 풍자적이라는 생각은 전혀 하지 못했다. 영어 독해도 제대로 되지 않았고, 풍자하는 대상이 구체적으로 누구인지도 거의 몰랐다. <허슬러>는 그저 <플레이보이>와 <펜트하우스>보다 훨씬 야한 포르노잡지였을 뿐이다. 딱히 제목도 모르고 차이는 더욱 몰랐다. 여성에 대한 취향도 아직 잡히기 전이었다. 세운상가에 가서 권하는 대로 슬쩍 훑어보고 골랐을 뿐이다. 그러다 보니 제목이 없는 이상한 잡지들도 보게 되었다. 당시에 나오던 <리더스 다이제스트> 정도의 판형인 스웨덴 포르노잡지도 보게 되었다. 잡지라기보다는 포르노 사진을 스토리 구성으로 만든 책이었다. 다들 금발의 늘씬한 북구 백인들이었다. 내용은 학교에서 건강한 10대가 섹스를 하는 것이었고(물론 다들 성인 모델이었다).

일본 에로잡지를 보게 된 것은 고등학교 때였다. 어떻게 정보를 구했는지는 기억이 나지 않는데, 남영역 근처에 가면 간판도 없는 조그만 가게가 있었다. 유리에는 잡지에서 떼어낸 종이가 발라져 있었고, 투명한 유리가 그대로 보이는 곳에는 영어로 된 외국 잡지들의 표지가 보였다. 문을 열고 들어갔다. 서점 같은 분위기도 생각했지만, 거의 아무것도 없는 황량한 가게였다. 벽에 걸린 외국 잡지는 많아야 스무 권 정도. 포르노잡지는 없었다. 음악잡지, 스포츠잡지, 연예잡지 등이 의미 없이 나열되어 있었다. 접이식 의자에 앉아 있던 주인은 양아치 같은 인상이었다. 쭈뼛쭈뼛 들어가자 주인이 일어났다. 그러고는 내가 들어온 문을 잠궜다. 다른 사람이 들어오지 못하게.

"뭘 보고 싶어?" 정보가 있었다. "일본 거 있어요?" 그러자 주인이 가게 구석에 쳐져 있던 촌스러운 커튼을 젖혔다. 가게에 어울리지 않는 큰 금고가 있었다. 주인이 금고를 열어 책 몇 권을 꺼냈다. 일본 에로잡지였다. 세운상가에서 벌어지는 풍경과 비슷하다. 하지만 월등하게 좋은 점은 가게 안에서, 금고 안에서 꺼내주는 잡지들을 비교적 긴 시간 동안 고를 수 있다는 점이었다. 그곳에서 일본 에로잡지를 봤다.

'비니혼'이라고도 부르는 일본의 포르노잡지는 그 당시에 보지 못했다. 그곳에서 파는 잡지는 정확히 말하면 그라비아 사진집이었다. 당시에 봤던 일본 그라비아는 <선데이 서울> 등에서 보던 수영복보다 조금 더 야한 수준이었다. 가슴과 유두가 보이는 정도. 금발의 백인이 아니라 흑발의 동양 여성이 수영복이나 속옷을 입고 있었고 나름 선정적인 포즈를 취하고 있었다. 서양 포르노잡지에 비하면 강도는 훨씬 덜했지만 묘하게 꽂히는 지점이 있었다. 혹은 다양한 것을 보고 싶었기 때문일 수도 있다. 당시는 일본 문화가 금지되어 있었고, 일본판 <스크린>이나 <근대영화> 등의 잡지에서 아이돌과 배우의 모습을 조금 볼 수 있었기 때문이다. 일본 <스크린>과 <로드쇼>를 처음 본 것은 부산의 친척집에 놀러갔을 때였다. 대학생인 친척 형이 보는 잡지를 만나게 된 것이다. 서울에 올라와서는 명동의 중국 대사관, 당시는 대만 대사관 옆에 있는 외국 서적 거리를 드나들기 시작했다. 당연히 영화에 대한 정보, 사진을 보고 싶어서였지만 다른 것도 있었다. 잡지에서 영화 소개를 하면 스틸 사진을 보여주기 마련이다. 일본에서 개봉하는 영화들을 소개하는 <스크린>과 <로드쇼>에는 반드시 말미에 서양 에로영화를 소개했다. 일본의 핑크영화도 가끔 있었다. 야한 영화들의 스틸에는 말할 것도 없이 누드의 여인들이 만재했다. 영화를 좋아해서 보는 잡지였지만 덤으로 만나는 여체의 아름다움도 한없이 좋았다.

스크린
로드쇼
근대영화

　한번은 새로 나온 <스크린>을 사 왔는데, 평소와 다르게 에로영화가 한 편도 실려 있지 않았다. 아니 이런, 낙담을 하면서 뭔가 이상하다고 생각했다. 그래서 잡지를 잘 살펴보니 평소에 에로영화가 실려 있던 페이지가 교묘하게 잘려나가 있었다. 작은 가게에서 누군가 잘라가는 것은 거의 불가능이었으니, 아마도 책을 수입하는 과정에서 검열을 거쳐 잘려나간 것이라고 생각했다. 분개했다. 엄연히 돈을 내고 산 잡지인데 마음대로 잘라내다니. 그 후로 <스크린>을 살 때에는 반드시 확인을 했다. 잡지의 윗부분을 주의 깊게 살펴보면 잘려나간 부분이 있는지 확인할 수 있었다. 잘려나가 있으면 패스. 검열을 아무리 해도 안 잘려나간 잡지는 있기 마련이었다. 그렇게 완전한 잡지들만 골라내 사서 봤다.

<스크린>과 <로드쇼>는 주로 서양 영화들에 대해서만 나왔다. 일본 영화는 아주 인기 있는 배우나 영화만 가끔 나왔다. 일본 영화와 배우가 궁금하면 <근대영화>라는 잡지를 봤다. 그렇게 일본의 배우들에 대해서도 조금씩 알게 되었다. 정보가 없으니 모르는 영화들 일색이었고 배우였지만 당대 최고의 인기 아이돌이었던 야쿠시마루 히로코는 확실하게 각인되었다. 70년대 말 중견 출판사 카도카와 서점을 이끌게 된 카도카와 하루키는 미디어믹스 전략을 통해 1980년대 일본 대중문화의 트렌드를 완전히 바꿔놓았다. 기억에서 지워지고 있던 『옥문도』와 『이누가미 일족』의 요코미조 세이시를 인기 작가로 부활시켰고, 모리무라 세이이치의 『인간의 증명』, 『청춘의 증명』 등을 대히트시키며 모두 영화로 만들어 성공을 거두었다. 야쿠시마루 히로코의 대표작 《세라복과 기관총》도 아카가와 지로의 베스트셀러를 영화로 만든 작품이었다. 카도카와 하루키는 이치가와 곤, 후카사쿠 긴지, 소마이 신지 등 예술적인 면에서도 인정을 받던 감독들을 기용하여 흥행 대작을 만들어냈다. 그리고 야쿠시마루 히로코, 하라다 토모요 등 아이돌 스타를 발굴하고 영화의 주연을 맡은 동시에 주제곡도 부르게 했다. 《기동전사 건담》과

《파이브 스타 스토리즈》는 만화와 애니메이션으로 이어지며 지속적인 팬을 확보하고, 월간지 <뉴타입>을 만들어 대규모 선전을 하는 방식으로 붐을 만들어냈다. 한순간의 추락마저도 극적이었던 카도카와 하루키는 당대의 풍운아였다.

이야기가 빗나갔지만, 1980년대만 해도 일본의 대중문화에 대해 알기는 쉽지 않았다. 그라비아 사진집이 무엇인지도 당연히 몰랐다. 가끔 일본을 다녀오시던 아버지가 듣는 노래를 통해서 야마구치 모모에를 알게 되고, <근대영화>에 나오는 일본 영화 스틸을 통해 당대의 일본 영화를 접하고, 고등학교 시절 드나들던 다방에서 몇 편의 일본 영화를 보는 게 다였다. 1990년대까지는 저작권 개념이 없어 그나마 번역된 일본 소설을 자주 볼 수 있었던 정도. 그렇다 보니 일본의 그라비아 사진집은 꽤 흥미로웠다. 모델 이름은 하나도 기억나지 않는다. 당시만 해도 어느 정도 이름이 있었던 모델이나 연예인은 비키니 정도 수위의 사진을 다 찍었지만 토플리스로 나오는 사진집은 찍지 않았다. 1991년 미야자와 리에가 헤어 누드가 나오는 화보집 『산타 페』를 찍은 것은 당시로서는 무척 놀라운 일이었다.

사진의 퀄리티로만 본다면 미국의 포르노잡지가 뛰어났다. <플레이보이>와 <펜트하우스>의 사진은 선명하고 깔끔했다. 가끔은 몽환적으로 찍기도 했고, 가끔은 일상의 풍경처럼 상큼하기도 했다. 일류의 사진 작품들이었다. <선데이 서울>에서 보던 한국 비키니 사진과는 격이 달랐다. 일본의 그라비아 사진들도 눈에 콱 박혔다. 후일 그라비아 전성기로 평가되던 1990대 후반에는 메이저 출판사인 소학관에서 그라비아 전문 잡지인 <사브라>를 창간했다. <사브라>는 당대의 일류 모델은 당연하고 사진가 역시 일류로 섭외하여 멋진 사진들을 담아냈다. 그라비아 사진의 기초를 닦은 선구자로 평가되는 시노야마 키신의 사진은 최고였다. 당연히 피사체의 도움도 컸다.

일본의 그라비아 사진을 보는 것은 서양의 포르노잡지를 보는 것과는 느낌이 달랐다. '넥스트 도어 걸'이라는 말이 있다. 단순히 해석한다면 옆집의 여자아이. 그러니까 친숙하고 편한 타입의 여자를 말한다. 할리우드 배우로 본다면 산드라 블록 정도, 조금 더 예쁜 정도라면 줄리아 로버츠 정도일까. 그리 예쁜 것은 아니지만 친하고 격의 없이 지내다 보면 어느샌가 가까워지고 매력을 발견하여 빠져드는 여인을 말할 때 흔히 '넥스트 도어 걸'이란 말을 한다. 일본의 그라비아는 그런 느낌이었다. 당연히 금발 여인들이 일본 모델에 비해 훨씬 더 몸매가 좋고 예쁜 경우가 많다. 최상급으로 넘어간다면 서양이나 동양이나 비교 불가능의 영역으로 넘어가 버리지만, 보통의 경우라면 흑발의 여인들에게 더 끌렸다. 뭔가 다정한 느낌도 있었다고나 할까.

1990년대 중반부터 일본에 다녀오는 일이 잦아지면서 포르노잡지를 사서 보기도 했다. 일본에서 성기를 보여주는 것은 불법이니까 성기를 모자이크한 포르노잡지들. 하지만 몇 번 사서 보게 된 후에는 다시 손이 가지 않았다. 그보다는 정통 그라비아 잡지였던 <

사브라>를 애호했다. 그라비아의 시대가 저물면서 폐간했지만 <사브라>는 소학관에서 만드는 일급 그라비아 잡지였다. 볼거리만이 아니라 읽을거리도 많이 있었다. 한때 이런 잡지를 한국에서 만들어보고 싶어 여기저기 쑤시고 다녔지만 실패했다. 작은 회사에서 하기에는 돈이 꽤 들었고, 큰 회사에서 하기에는 '성인용'이라 힘들다고 했다. 어른들이 보는 것은 맞지만 미묘한 어감의 차이가 있는 '성인용'이라니. 그들이 성인용이라는 말을 굳이 꺼낼 때는 쪽팔린다는 의미다. 뭔가 그럴듯하고 의미 있는 것을 해야지 이런 것은 창피하다는 말과 생각.

일본의 포르노잡지보다 그라비아를 선호하게 된 이유는 물론 (내 기준에서) 여인들이 훨씬 아름다웠기 때문이다. 얼굴도 몸도. 포르노잡지에 주로 나오는 AV 배우들 중에도 어여쁜 여인은 많이 있지만 그래도 그라비아에 비할 바는 아니다. 질과 양에서 압도적이다. '야한' 잡지를 보는 것은 단지 성기와 남녀의 교합을 보기 위해서가 아니다. 일종의 로망이다. 일본에서는 AV를 보는 이유가 주로 배우 때문이라고 한다. 일종의 연인 대체재로서 여배우를 대하고 빠져든다는 것이다. 그런 의미에서 그라비아도 마찬가지다. 아름다워서 보는 것이다. 성기를 보기 원한다면 다른 것도 얼마든지 있다. 여인에 대한, 아름다움에 대한 환상을 충족시키기 위해 사진을 본다.

그라비아 사진집을 보는 사람들 중에는 여성도 꽤 있다고 한다. 남성은 좋아하는 남자 배우나 모델이 있다고 해도 굳이 사진집을 사거나 하지는 않는다. 이소룡의 사진집을 사는 것과는 다르다.

이소룡은 분명한 역할 모델이다. 이런 남자가 되고 싶다, 이렇게 근육질의 강한 남자가 되고 싶다, 가 이유다. 여성이 그라비아 사진을 보는 것은 단지 되고 싶다가 아니라 매혹되기 때문이라고 한다. 여성에게는 분명 그런 지점이 있다. 단지 이성이기 때문에 끌리는 성적인 아름다움만이 아니라 존재 자체로서의 고혹적인 아름다움.

뭐, 그러다가 가끔은 적나라한 사진과 영상을 보고 싶기도 하겠지만 그렇다고 해서 그라비아가 사라지는 것은 아니다. 일본에서는 AKB48이 연예계를 장악한 후 그라비아 아이돌의 시대가 저물었다고 하지만 여전히 아름다운 여인들과 사진은 남아 있다. 사라질 리가 없다. IV(Image Video)라고 부르는 영상집도 여전히 많이 나오고 있다(문제는 IV에서 AV 직전까지 가는 비디오가 점점 많아진다는 점이다. 경쟁이 심해지면 더욱 극단적으로 마니아 중심으로 가고, 피폐해지고, 결국은 애초의 매력을 잃어버린다).

아름다운 여인에게 매혹되는 것. 누군가에게 매혹되면, 그녀의 다른 사진이나 영화 등을 다시 찾게 되고 그러면서 더 많은 것을 보고 싶어진다. 사진이 실린 잡지를 모으고, 사진집을 모으고, 출연한 영화나 드라마를 보면서 만족한다. 영원히 채워지지 않을 만족을 갈구한다. 그러다가 시간이 지나면 또 다른 여인에게 빠지고, 현실과 허구를 왔다 갔다 하게 된다. 영원히 끝나지 않는 모험이다.

헌책방

중고교시절, 방과후에는 딱히 할 일이 없었다. 시장통의 헌책방에 들리는 것이 유일한 낙이었다. 새책방도 있었으나 책을 뒤적거리면 주인이 눈치를 주었으므로 맘편히 볼 수 있는 헌책방이 좋았다. 단골헌책방은 두어평 남짓한 크기로 매우 비좁았고 꽂혀있는 책들도 주인의 안목은 찾아볼수 없는 평범한 것들이었다. 말수가 적은 주인아저씨는 라디오를 듣거나 멍 때리는 경우가 많아 도무지 책방주인으로 보이지 않았다. 처음 고른 헌책은 나도향의 '물레방아,뽕'으로 이유는 그저 제목이 우껴서 였다. 스땅달의 '연예론'도 샀다. 이성교제에 도움이 될 것 같아서 였다. 자주 들리다 보니 책장의 책제목을 외울 정도가 됐다. 더이상 고를 책도 없었으나, 그래도 꽤 진지하게 고르는 척을 했다. 고상하고 지성있는 남학생으로 보이기 위함이였다. 그러나 사실 목적은 따로 있었다. 그것이야말로 내가 헌책방을 찾는 가장 중요한

중학교 후문 시장통의 헌책방 풍경, 1980년대

이유였던 것이었다. 책방 입구에는 지난 잡지책들을 쌓아놓고 팔았는데 여성지와 '선데이서울' 같은 주깐지. 그리고 '여학생'이나 '학생중앙' 같은 학생잡지 등이었다. 그 중에서도 '여학생'은 내가 가장 보고 싶은 잡지였다. 특히 컬러페이지의 속옷이나 수영복광고는 볼 때마다 애간장이 탔다. 대충 책들을 둘러보고 나오면서 잽싸게 쓰윽 여학생 잡지를 골라 태연하게 사곤 했다. 어떤 날은 주인이 이상한 놈으로 생각할까봐 원치 않는 '학생중앙'을 사기도 했다. 고교졸업후에는 본격적으로 헌책방을 찾아다녔다. 세월이 흘러 더이상 '여학생'은 찾아볼수 없었지만 오래된 책냄새를 맡으면 괜시리 마음이 편안해졌다.

여학생, 1979년 8월호, 1965년 창간

여학생의 교양·생활·오락·진로 등에 관한 내용으로 10대 소녀들에게 인기를 끌었다. 1981년 1월호부터는 B5판에 오프셋인쇄로 화려하게 바뀌었으나 1990년 11월 재정난으로 폐간되었다.

연애론, 스땅달, 1981년, 배수서적, 1500원

사교와 유모어, 1976년, 언어문화사, 1200원

책을 고를 때는 항상 제목이 재미있어 보이거나 혹은 인생에 도움이 될 것 같은 것 위주로 선택했다.

성애만화를 찾는 모험

청계천을 드나들다 보면 야한 만화책도 손에 넣을 수 있었다. 아이들이 학교에 가지고 오면 돌려보기도 했다. 하지만 개인적인 취향으로만 본다면 나는 '사진'에 더 눈길이 갔다. 친구 집에 놀러 갔는데 마침 친구는 없고 마루에서 친구 누나가 잠을 자고 있는데……같은 이야기들이 진행되는 한국의 야한 만화들은 별 재미가 없었다. 그보다는 포르노잡지에서 스토리에 맞춰 진행되는 사진을 보는 것이 훨씬 좋았다. 게다가 청계천에서 사는 잡지는, 학생의 용돈으로 충당하기에는 꽤 비쌌기 때문에 최대의 만족을 줄 수 있는 것으로 신중을 기해 골라야 했다. 그래서 만화보다는 잡지였다.

중학교에 들어가기 전까지는 만화가게 출입이 아주 잦았다. 그 시절 동네마다 벌어지는 낯익은 풍경인, 만화가게에서 만화를 보다가 저녁 먹을 시간에도 귀가하지 않아 어머니가 찾으러 와 등짝을 얻어맞고 끌려가는 일도 당연히 있었다. 하지만 중학교에 들어가면서 만화가게 출입을 끊었다. 만화를 보기 싫어서가 아니었고, 가지 말라는 말을 들어서도 아니었다. 참 이상하다. 어째서인지 그 시절의 나는 만화가게는 아이들이나 가는 곳이라고 생각했다. 그래서 중학생이 되면서 출입을 끊었고 대신 서점에서 어른들이 보는 만화를 사서 봤다.

고우영의 『삼국지』와 『일지매』, 강철수의 『사랑의 낙서』, 박수동의 『고인돌』, 김수정의 『신인 부부』 그리고 일본 만화인 몽키 펀치의 『루팡 3세』 등등. 국내 만화는 주로 스포츠신문과 주간지 등에 연재한 만화들이었다. 강철수의 만화를 보면 청춘 남녀의 연애에 대해 배울 수 있었다. 삐뚤빼뚤한 박수동의 만화는 그림보다 말이 더욱 야했다. 전혀 관능적이지 않은 그림이었지만 성을 유쾌하게 다루는 해학을 만날 수 있었다. 『아기공룡 둘리』로 유명한 김수정은 오히려 어른들의 이야기에 더욱 능한 작가라고 생각했다. 『날자! 고도리』도 그렇고, 『신인 부부』도 어른들의 심란한 마음을 다정하게 위로해주는 만화였다. 고우영의 『삼국지』는 일본에서 나온 어떤 삼국지 만화 못지않은 걸작이라고 생각한다. 그 시절에 만난 모든 만화가 좋았고 선명하게 기억에 남아 있다.

그래도 하나만을 꼽으라면 몽키 펀치의 『루팡 3세』다. 루팡의 손자인 루팡 3세가 온갖 보물을 훔치러 다니는 이야기다. 루팡의 동료로는 사격 솜씨가 일품인 지겐 다이스케와 검술의 달인 이시카와 고에몽이 있다. 루팡을 쫓아다니지만 번번이 놓치는 경찰로는 제니가타 경부가 나온다. 그리고 어떨 때는 루팡의 동료였다가 어느 순간에는 루팡을 팔아넘기거나 배신하는 여인 미네 후지코. 국내에 나온 『루팡 3세』는 일본에서 『신 루팡 3세』로 나온 책이었다. 몽키 펀치의 그림은 전작보다 훨씬 유려해졌다. 이유는 나중에 알게 되었는데, 몽키 펀치는 주로 이야기를 만들고 콘티를 짠 다음에 전문 그림 작가에게 맡겼다고 한다. 일찌감치 프로듀서 시스템으로 작업했다고나 할까. 그래서 『루팡 3세』는 시리즈가 거듭될 때마다 그림이 다 다르다.

『루팡 3세』에 반한 것은 무엇보다 초현실주의적인 이야기들 때문이었다. 보물을 훔치러 가는 루팡 3세와 그를 막으려는 경찰의 머리싸움과 액션이 주된 이야기지만 『루팡 3세』에는 온갖 환상적인 장면들이 실려 있었다. 건물 안에 들어가면 갖은 트랩이 설치되어 있고, 좁은 복도를 빠져 나오면 엄청난 크기의 방이 나온다거나, 에셔의 그림처럼 끝없이 계단이 이어지거나 다른 공간이 중첩되어 있는 등등. 소설 『아르센 뤼팽』에서 보았던 천재적인 도둑의 이야기와는 전혀 다른 층위의 환상적인 모험담이었다.

그리고, 그리고 미네 후지코는 너무나도 매력적이었다. 아마도 만화 캐릭터 중에서는 처음으로 반한 여인이었을 것이다. 조연이기는 하지만 존재감은 루팡 3세 이상이었다. 자신의 매력을 너무나 잘 알고 있고, 그 점을 이용하여 루팡 3세와 모든 사람들을 홀리고 속이는 팜므 파탈. 안타깝게도 당시에 봤던 국내판 『루팡 3세』에서는 검열 때문에 미네 후지코의 몸을 제대로 볼 수 없었다. 그녀의 나신에는 언제나 거친 펜 선으로 비키니나 가운이 입혀져 있었다. 한참 뒤, 일본에 갔을 때 겨우 구한 일본판을 통해서 미네 후지코의 몸을 제대로 볼 수 있었다. 미네 후지코는 당시 일본 (주로 남성) 독자들에게도 열광적인 찬사를 받았다. 애니메이션 《카우보이 비밥》의 페이도 미네 후지코를 모델로 했다고 한다. 정확하게 말하면 《카우보이 비밥》 자체가 『루팡 3세』의 영향을 아주 많이 받았다. 이미지가 워낙 강렬했기 때문에 2015년 만들어진 실사 영화 《루팡 3세》의 미네 후지코에 실망할 수밖에 없었다. 쿠로키 메이사는 얼굴도 몸도 좋은 배우이고 꾸준히 발전하고 있지만, 미네 후지코를 제대로 소화하기에는 100년은 이르다.

루팡 3세
미네 후지코

『루팡 3세』 정도로 야한 일본 만화는 80년대 후반에 번성했던 만화방에서 자주 볼 수 있었다. 이케가미 료이치의 『크라잉 프리맨』, 에가와 타츠야의 『동경대학 이야기』와 『골든 보이』, 오기노 마코토의 『공작왕』 그리고 히로카네 켄시의 『시마 과장』 등등. 그중에서 야하기로는 가장 상층이라 할 『엔젤』의 유진을 비롯하여 대부분은 성애만화가 아니라 일본의 청년지에 실리는 어른들을 위한 보통의 만화들이었다. 성애가 중심이 아니라 다양한 이야기를 펼치면서 정사 장면과 누드 장면이 등장하는 것이다. 『공작왕』처럼 소년지에 실린 작품도 한국 기준으로 본다면 꽤 야했다. 생각해 보면 『드래곤 볼』에도 치마를 들치거나 가슴골이 강조되는 등 야한 장면은 자주 나왔다. 노골적으로 성적인 면을 드러내지 않고 애들 장난처럼 처리해서 소년만화가 되었을 뿐.

일본의 포르노만화를 처음 접한 것은 고등학교 때였다. 포르노잡지를 파는 곳에서 일본 만화를 권했다. 국내 포르노만화는 별 재미가 없었지만 이미 일본 만화를 많이 보고 있었기에 흥미가 생겼다. 어떻게 여성의 몸 그리고 섹스를 그렸는지 궁금했다. 그래서 봤다. 단편집이었는데, 꽤 충격적이었음에도 작가 이름이나 제목을 한참 잊고 있었다. 그때는 일본어를 몰랐으니 읽을 수도 없었다. 지금도 선명하게 기억나는 장면이 있다. 여인이 한 남자를 만나 데이트를 하고 그의 집에 함께 간다. 남자가 이끄는 대로 방에 들어가 잠깐 기다리는데 뭔가 이상하다. 손잡이를 돌려보지만 문은 잠겼고 물이 차오르기 시작한다. 그 방은 거대한 수조처럼 설계된 곳이고 남자는 바깥에서 물에 빠져 허우적대는 그녀를 바라보고 있다. 너무나 선명해서, 수조에 갇힌 그녀의 이미지는 항상 기억에 남아 있었다. 그녀의 겁에 질린 얼굴도. 그 일본 만화는 이상한 몽상과 약간 괴기하고 엽기적인 이야기들로 가득했다.

1990년대 중반에 처음 일본을 갔다. 만화 『시티 헌터』에 등장했던 신주쿠 동쪽 출구의 '마이 시티'라는 백화점에 갔다. 5층인가에 서점이 있었다. 만화책도 팔고 있었는데 한쪽 구석에는 에로망가가 잔뜩 꽂혀 있었다. 어른들이 보는 일반적인 성인 만화가 아니라 성을 중심으로 다루는 성애, 관능만화, 노골적인 포르노만화. 정보가 없을 때였으니 제대로 고를 수도 없었고, 표지를 보고 야해 보이는 작품 한 권을 사 왔다. 그리고 일본에 갈 때마다 에로망가를 두어 권씩 사왔다. 당시 인기 있는 작가들의 작품도 있었지만 마침 1990년대 말은 관능극화의 전성기였던 1970년대의 걸작 에로극화들을 복간하는 시기였다. 청림문예사, 소프트매직 등의 출판사에서 '관능극화대전'이라는 이름으로 시리즈를 내고 있었다.

자료 가치가 있다고 생각하여 관능극화 시리즈를 모았다. 그 중에서 아가타 유이의 『관능중독가』란 만화가 있었다. 표지를 보고 어딘가 낯익다고 생각했지만 더 이상은 떠오르지 않았다. 집으로 돌아와 비닐을 벗기고 본문을 펼치기 시작하자 과거의 기억이 선명하게 떠올랐다. 고등학교 때, 처음으로 접했던 일본 포르노만화에서 보았던 그림이었다. 남과 여의 얼굴과 표정, 정사 장면에서의 동작이 일치했다. 아가타 유이는 츠게 요시하루 등 <가로> 계열 만화가들에게 영향을 받았고, 초기에는 괴기와 전기(傳奇) 풍의 호러만화를 주로 그렸다. 관능극화로 넘어가게 된 것은 1976년이었고 오컬트와 호러가 가미된 관능극화를 많이 그렸다. 1980년대 이후로는 인간의 기이한 심리와 강박을 파고드는 관능극화를 주로 그렸다.

<관능극화대전>을 통해서 1970년대 왕성하게 활동했던 만화가들의 작품을 만나볼 수 있었는데, 그 시절에 보았던 아가타 유이는 빙산의 일각이었다. 애니메이션 《동경표류일기》의 주인공인 만화가 타츠미 요시히로가 1957년 처음 '극화'라는 용어를 쓴 이래,

1960년대의 일본 만화계는 극화의 전성기였다. 인물과 사건을 사실적으로 그리는 극화는 성을 다루는 성애만화에서 특히 위력을 발휘했다. 관능적인 여성, 남자가 욕망하는 여성을 사실적으로 그릴 수 있었으니까.

1960년대 말에서 1970년대 중반까지 '표현'으로서의 극화가 전성기였을 때 에로극화 또는 관능극화로 불리던 작품들이 대거 등장했다. 관능극화만을 싣는 성인 잡지들도 많이 창간했다. 가장 많았을 때는 거의 80여 종에 달했다고 한다. 관능극화는 대중의 관심을 끌면서 큰 인기를 누렸지만 작가들 역시 추구하는 것이 있었다. 섹스를 그리는 것이 곧 인간을 그리는 것이라는 입장도 있었고, 여성을 묶거나 살해하는 주인공에 자신을 투영하며 소년 시절의 상처를 바라보는 경우도 있었다. 광기와 고통 속에서 살아 있음을 증명하기 위해 섹스를 추구하는 경우도 있었다.

《동경표류일기》에서 소년 만화를 그리다가 슬럼프에 휘청이는 타츠미에게 한 편집자가 말한다. 당신이 원하는 것을 그려보라고. 가장 원초적인 욕망을 그려대는 화장실의 낙서처럼, 타츠미는 인간의 일상적이면서도 근원적인 욕망을 탐구하는 만화를 그리기 시작한다. 타츠미는 인간 군상을 그리는 극화를 그렸고, 그 안에는 섹스가 대단히 중요한 소재나 모티프로 등장한다. 관능극화는 섹스를 중심으로 인간을 그리는 만화다.

지금은 성년코믹이라 부르고, 에로망가라 부르기도 하는 장르는 여전히 성행한다. 미소녀 에로만화의 전성기에는 매달 100권 이상의 신간이 나왔고, 극화풍이 주도하던 1980년대 이후에는 작풍도 무한대가 되었고 하위 장르도 다양하게 생겨났다. 90년대부터는 레이디스 코믹에서도 섹스를 전면에 내세웠고 여성 작가도 늘었다. 어떤 성인 잡지는 절반 이상이 여성 작가라고 한다. 섹스만 나오면 무엇이든 할 수 있다는 점에서 에로망가는 전위적인 실험만화 발표의 장이 되기도 한다. 세상의 주류라고 할 마초주의와 이성 간의 섹스가 처참하게 붕괴하고 파괴되는 만화들도 숱하게 만들어지는 곳이기도 하다. 에로망가는 여러 가지 문제점도 많고 일부에 편견과 혐오가 존재하기도 하지만, 분명한 사실은 에로망가의 세계가 너무나도 방대하다는 점이다.

일본에서 에로망가가 어느 순간 모든 것이 허락되며 자리를 잡은 것은 아니다. 일본에서도 60년대부터 유해 만화 논쟁이 있었다. 당시 야마나시현에서 나온 『만화실태백서』라는 책에서는 당시의 만화들이 '선과 악의 규범을 무시'하고 '마약 및 살인 묘사가 증가'하여 '소년 범죄를 부추길까 우려되는 수준'이라고 공격했다. 당시 유해 만화로 꼽힌 작품에는 이미 만화의 역사에서도 까맣게 지워진 말초적인 만화들만이 아니라 나가이 고의 『파렴치학원』, 시라토 산페이의 『닌자무예장』, 이시이 다카시의 『천사의 내장』 등 걸작들도 있었다.

작품이 문제가 되어 잡지가 정간을 당하면 다시 복간을 하며 연재를 계속하고, 문학평론가과 문화계 인사들이 만화를 옹호하는 기고문을 언론에 실으면서 격렬하게 싸웠다. 법정으로 간 만화가와 출판사들도 싸웠다. 그렇게 일본에서는 유해 만화 논쟁이 진행되었고, 투쟁과 타협을 통해 성인 만화는 확고하게 자리를 잡을 수 있었다. 그리고 포르노만화라고 할 만한 성년코믹이라 불리는 에로망가도 가능하게 되었다. 확실한 비주류이며 하위문화인 에로망가에서도 뛰어난 작가들이 등장하고 주류에 진입하여 성과를 거두기도 한다. '모리야마 토'라는 필명으로 활동하던 야마모토 나오키는 이미 거장이 되었고 이후에도 『헬싱』의 히라노 코우타, 『도쿄 빨간 두건』의 타마오키 벤쿄 등이 에로만화에서 주류로 올라선 작가들이다.

지금 한국에서도 성인 만화의 전성기라고 말할 정도는 아니지만 왕성하게 작품들이 쏟아지고 있다. 포탈이라는 한계 때문에 네이버와 다음이 본격적인 성인 만화를 연재할 수는 없었지만, 후발주자로 유료 만화와 성인 만화라는 무기를 들고 만화 플랫폼을 시작한 레진 코믹스가 대성공을 거두었기 때문이다. 레진 코믹스 이후 출범하는 대부분의 만화 플랫폼은 성인 만화를 주력 상품으로 삼게 되었다. 성인 만화는 확실한 수익을 올리는 킬러 콘텐츠가 되었다. 노골적인 상업주의를 내세운 탑툰은 레진 코믹스를 능가하는 수익을 올리기도 했다. 레진 코믹스가 네온비의 『나쁜 상사』를 필두로 작품성을 갖춘 성인 만화를 다양하게 포진시킨 것에 비해 탑툰은 말초적인 자극을 주는 성인 만화를 대거 공개했다. 단기적으로 본다면 탑툰이 앞서 나갔지만 이후의 과정은 지켜봐야 한다. 한국은 이제 성인 만화가 갓 시작한 것이나 마찬가지니까.

한국에서도 1970~80년대에는 주간지와 스포츠신문을 중심으로 박수동의 『고인돌』과 고우영의 『일지매』, 『삼국지』 등 성인 만화가 활기를 띠었다. 누구나 볼 수 있는 대중매체였기 때문에 성인 만화라고 해도 성을 중심으로 다루는 만화는 많지 않았다. 표현에도 제약이 있었다. <만화광장>, <빅 점프>, <미스터 블루> 등 1990년대에 성인용 만화잡지가 대거 등장했을 때에도 일본 에로망가의 수위는 아니었다. 어른들이 보고 즐길 수 있는, 그리고 이해할 수 있는 성인 만화였다.

앞으로도 일본 정도의 성애만화가 가능할 것 같지는 않다. 플랫폼에서 볼 수 있는 일본 성인 만화는 하즈키 카오루의 『마이 페어 레이디』, 『정말로 있었던 H한 체험』 등과 아마즈메 류타의 『나나와 카오루』, 혼나 와코의 『엿보기 구멍』 등이다. 소위 포르노라고 부를 수 있을 만한 만화는 아니고 일본의 <모닝>, <빅 코믹 스피리츠> 등 청년 만화잡지에 실리는 정도의 성인 만화다. 일본에서도 에로망가는 포르노로 취급되기 때문에 한국에 공식적으로 발매되거나 서비스되는 경우는 없을 것이다. 장면 일부를 지우거나 다른 방식으로 편법 유통되는 경우는 있을 수 있다. 일본 AV에서 노골적인 장면들을 잘라 심야 성인 채널에서 방영하는 것처럼. 그래서 한편으로 아쉽기도 하다. 에로망가에도 걸작은 존재한다. 영상으로 제작되는 AV나 미국의 포르노영화에 비해 만화는 개인의 작업이다. 개인의 상상력과 의도가 관철될 여지가 훨씬 더 많다. 섹스를 중심으로 다루면서, 여성과 남성의 성기가 나오고 정사 장면을 그대로 보여주지만 그 이상의 여운과 생각을 남겨주는 만화들도 많다.

오래전 『18금의 세계』라는 책을 준비하면서 자료를 구입하러 도쿄에 갔다. 그때 구입했던 만화 중의 하나가 야마모토 나오키의 작품들이었다. 국내에는 『쉘 위 댄스』라는 제목으로 나온 해적판이 유일했다. 1980년대에는 모리야마 토라는 필명으로 에로망가를 그리며 인기를 끌었고, 90년대 들어 주류에 진입하며 야마모토 나오키라는 본명으로 작품을 발표했다. 그림은 더욱 정교해졌지만 작품의 성향은 그대로였다. 성을 중심으로 인간을 다룬다. 초현실주의적인 상상력으로 인간의 모든 것을 탐구한다. 야마모토 나오키는 『프라그먼츠』, 『학교』, 『빌리버스』 등의 걸작을 무수하게 발표했다. 그리고 <에로틱스>라는, 고급한 에로망가 잡지를 내기도 했다.

그런데 <에로틱스>를 내면서 야마모토 나오키는 다시 모리야마 토라는 필명을 사용했다. 이전에 발표했던 에로망가 스타일의 작품을 다시 그리면서 필명을 쓴 것이다. 그 시절에 그렸던 작품들을 다시 엮어서 『모리야마 토 걸작선』이라는 제목으로 책을 발행하기도 했다. 모리야마 토의 작품을 직접 만화로 보기 전에, 1990년대 중반에 애니메이션으로 본 적이 있었다. 불법 CD로 구워진 애니메이션의 제목 역시 '모리야마 토 걸작선'이었다. 거기에는 총 3편의 이야기가 있었다. 모두 고등학생이 주인공이다. 한국에서는 아동 포르노로 걸릴 법한 소재다. 그중에서 남자 고등학생이 공원에서 권총을 줍는 이야기가 있다. 무료하게 집으로 돌아가던 고등학생이 권총을 주워서 지나가는 개를 쏴 본다. 장난감이 아니라 진짜다. 전철에서 한 여자를 총으로 위협하여 강간을 한다. 이곳저곳을 다니며 강간을 하고 총을 쏘며 활보하던 고등학생의 종착지는 방송국이다. 강제로 아나운서와 섹스하는 장면을 그대로 방송하게 한다. 그리고 자신에게 총을 쏴서 자살한다. 파괴적이다. 폭력과 섹스는 야마모토 나오키만이 아니라 에로망가에서 가장 많이 볼 수 있는 주제다. 야마모토 나오키는 폭력과 섹스를 보여주지만 자신만의 스타일이 있다. 『천사의 내장』의 이시이 다카시가 그랬듯이, 그들이 그린 주인공은 남자의 폭력에 희생당하지만 계속 희생자로 머무르지 않는다. 때로 역전시킨다. 판타지의 방식도 있고, 현실에서 어떤 힘으로 뒤엎기도 한다. 단순하게 여성을 대상으로만 취급하지 않는다.

섹스를 중심으로 인간을 바라본다. 개인이 모든 것을 좌우할 수 있기 때문에, 독창적이고 개성적인 방식으로 접근할 수 있다. 『18금의 세계』를 준비하면서 이시이 다카시와 야마모토 나오키의 만화를 처음 접하고 이후로도 계속 구해서 봤다. 다른 에로망가의 걸작들도 구해봤다. 결국 어디나 똑같다. 잘 만들면, 어떤 단계를 뛰어넘으면 무엇이든 예술이 되고 걸작이 된다. 그러니까 아동 포르노는 무조건 금지되어야 하겠지만, 그 밖의 에로망가에 대한 규제는 상상력을 제한하는 불필요한 수단이다. 성인 만화가 대세가 되어버린 웹툰 플랫폼의 시대에도 여전히 에로망가는 금지된 것이나 마찬가지다. 그래서 안타깝다. 만화가 대중문화의 중심인 일본에서, 여전히 엄청나게 쏟아지고 있는 에로망가를 전혀 볼 수 없다는 사실이. 한국에서 성을 노골적으로 다룬 에로만화가 제대로 나올 수가 없다는 사실이.

성인만화

중2 때부터는 동네 독서실에 다녔다. 집에는 공부에 전념하겠노라고 거창하게 얘기했지만, 막상 독서실에 앉아 있으면 잡지책을 뒤적거리거나 칸막이 뒤의 여학생실에 귀를 기울이고 참고서에 침을 쏟으며 잠만 잤다. 그럼에도 집중해서 몰두한 것이 있었으니 성인만화책이었다. 70년대의 가판 만화로 팔던 것을 80년대 들어 단행본으로 재출간한것으로 현실적인 내용이 쏙쏙 들어 왔다. 고우영의 '삼국지'는 특히나 애독했던 만화로 폭군 '동탁'과 미녀 '초선'의 동침 장면은 무척이나 꼴릿 했다. 강철수의 만화도 즐겨 보았다. '사랑의 낙서'와 '팔불출'에 나오는 별볼일 없는 주인공은 나 자신과 동화되었다. 주 목적은 딸딸이였으나, 나중에는 인생선배로 들려주는 이야기가 흥미로웠다.

핑크수첩, 강철수, 1974년, 60원

자물쇠로 잠그는 독서실책상위의 책장에는 성인만화책으로 가득 찼다. 어둡고 퀘퀘한 텅빈 독서실에 홀로 앉아 있으면 세상과 큰담을 쌓은것 같았다. 곧이어 적막이 가득차면, 나는 조용히 바지 지퍼를 내렸다...

모여라 한국 성인 만화 大잔치

1980년대를 풍미한 주옥같은 작품을 모았습니다~

일지매, 고우영 작, 우석
1980년, 1400원

중학교 2학년 때부터 만화단행본을 출간한 천재작가. 1970년대 소년극화 '대야망'과 성인극화 '삼국지'와 '수호지' 등을 발표하며 1980년대 신문연재극화의 황금시대를 열었다. '일지매'는 당시 '일간스포츠' 연재물을 모아 출간한 것으로 미스코리아 김성희 씨가 추천사를 쓰기도 했다.

고인돌, 박수동 작, 도서출판까치
1987년, 2000원

한국 성인만화의 첫장을 열었던 작품으로 1974년 주간지 '선데이서울'에 연재를 시작으로 1991년까지 17년간 장기연재되었다. 구불구불한 그림체와 성적인 분위기로 원시조상들의 유쾌한 일상을 보여준 명작이다.

가불도사, 정운경 작, 신원문화사
1979년, 1500원

몰래 여성을 훔쳐보는 평범한 직장인의 일상을 다룬 성인만화. 숨기지 않고 솔직하게 드러내는 직설적 화법으로 이야기가 진행된다. 주간경향과 주간중앙에 연재한 만화를 모아 단행본으로 발간한 것.

가루지기, 고우영 작, 문예원
1988년, 1000원

신재효의 '가루지기타령'을 원전으로 평안도 월경촌의 옹녀와 전라도의 변강쇠가 만나 벌어지는 이야기. 주로 지하철역과 버스가판대에서 판매했다. 스마트폰이 없던 시절 지루한 지하철에서 읽으면 시간 가는 줄 몰랐던 성인 극화였다.

사랑의 낙서, 강철수 작
1974년, 60원

고우영과 함께 한국 성인만화의 개척자였던 강철수의 대표작으로 가판대에서 주로 판매했다. 당시로서는 개성 넘치는 특이한 등장인물이 많이 나와 독특한 재미를 선사했다.

복수, 손의성 작,
1975년, 60원

1960년대 만화 '동경4번지'로 맹활약을 했던 손의성의 작품. 긴장감 넘치는 스토리 전개와 거친 활극으로 큰 인기를 끌었다. 만화에 등장하는 주인공 '혁형사'는 배반자를 철저하게 응징하는 열혈남아로 유명하다.

글로 상상하는 포르노가 제일 야하다

인터넷이 생기기 전까지는 다들 비슷했다. 가장 먼저 포르노를 접하는 경로는 학교다. 누군가가 포르노잡지나 만화나 소설을 학교에 가지고 온다. 친형이나 동네 누군가가 보던 것을 사거나 빌려서 가지고 온다. 그것들을 어디서 파는지는 다들 알고 있다. 청계천. 간혹 동네나 다른 지역 어딘가의 은밀한 곳이 있으면 금방 소문이 퍼진다. 용기가 있거나, 호기심이 더 강한 누군가가 그곳을 찾아간다. 나도 그렇게 청계천에서 잡지를 사고 비디오를 빌려 봤지만 야설을 산 적은 없었다. 지극히 전형적인 캐릭터가 너무나도 익숙한 스토리로 전개되는 야설을 사서 볼 생각은 없었다. 물론 그때는 야설의 세계가 그리 넓은지 몰랐으니까.

야설보다는 포르노잡지를 보는 게 나았고, 일반 소설에서 야한 장면을 보는 게 더 좋았다. 중학교 때 D.H.로렌스의 『차탈레 부인의 사랑』을 사서 읽은 것은 다분히 소설 사이에 끼어 있던 영화 사진들 때문이었다. 쥬스트 자킨 감독이 1981년에 만든 《차탈레 부인의 사랑》에는 '엠마뉴엘 부인' 실비아 크리스텔이 나왔다. 영화 스틸을 이미 <스크린>에서 보기는 했지만 소설로도 읽어보고 싶었다. 하지만 중학교 때 읽은 『차탈레 부인의 사랑』은 너무 문학적이었다. 집요한 사물과 풍경의 묘사를 읽다 보면 지루해지고 정작 정사 장면에서도 그리 흥분되지 않았다. 지루했다. 불법 비디오로 본 영화도 그저 그랬다. 아무리 실비아 크리스텔이 나왔다 해도.

책을 사는 것에 별다른 제재를 받지 않는 환경에서 자랐다. 집에 있는 책을 보는 것도 마찬가지였다. 그 시절에 배우게 된 성 지식의 상당수는 어머니와 누나가 보던 <주부생활>, <레이디경향> 등의 여성 잡지를 통해 알게 된 것이다. 여성 잡지의 부록을 통해서 알게 된 책도 많았다. 김성종의 소설도, 김수정의 『신인 부부』도, 로맨스소설인 할리퀸도 여성지 부록으로 나온 것을 처음 읽어봤다. 80년대 초반까지 할리퀸보다 인기 있었던 책은 『사랑의 체험수기』였다. 여성 잡지, 심지어는 청소년 잡지에도 실려 있었다. 청소년 잡지에 실린 것은 수위가 낮거나 플라토닉한 사랑 이야기도 있었지만 여성지에 실린 수기는 무척이나 수위가 높았다. 지금이라면 납치, 강간, 유괴로 처벌받아야 마땅한 이야기도 있었다. 짝사랑하는 여대생이 마음을 받아주지 않아 납치하여 강간하고 결혼하게 된 이야기. 그런데 수기를 쓴 당사자가 바로 주인공 여성이었고, 일관되게 정성을 다하는 남자에게 결국 감동하여 미워하는 마음이 사랑으로 바뀌는 결말이 많았다. 전형적인 남자의 판타지이고 폭력이었다. 아마도, 아니 분명하게 조작된 수기들.

『사랑의 체험수기』라는 제목으로 나온 책을 사거나 도서관에서 읽기도 했다. 그런데 읽다 보면, 국내의 누군가 보내 온 체험담이 아니라 일본 책을 베낀 것이 많았다. 온천에서 만난 고등학생들이 있다. 그런데 그곳이 노천 온천이다. 남녀가 옷을 벗고 타월만 두른 채 목욕을 하는 온천이 한국에 있을 리가 없다. 쑥스러워서 구석에 있던 소녀가 같은 처지인 남자아이를 만나고, 서로 호감을 가지게 되면서 대화를 하다가, 사춘기 아이들이 그렇듯 서로의 몸에 대해 관심을 보인다. 그래서 서로 성기를 보여주고 만지게 해주고 한다는 이야기. 노천 온천이니 그 이상은 진행되지 않는다. 이미 여기까지만 해도 아동청소년법에 걸릴 수 있는 이야기겠지만. 당시에도 수위가 높지는 않지만 꽤 야하다는 생각을 하며 읽었는데, 화자인 소녀의 심리와 행동이 세밀하고 무척이나 설득력이 있었다. 읽으면서 문득 든 생각은, 이 글이 정말 일본에서 투고를 받은 이야기일까, 아니면 마찬가지로 그곳에서도 대필자가 쓴 것일까, 였다. 남자의 성기에 호기심을 느끼고, 서로 만져보자는 말을 하고, 만지고 만져지면서 이루어지는 감정의 흐름이 너무나 그럴 듯해서 갖게 된 의문이었다.

여성지 부록으로 처음 접한 김성종의 소설은 『고독과 굴욕』이었다. 단편소설이 4~5편 실려 있었다. 창녀의 죽음을 추적하는 형사 이야기도 있었고, 일제시대를 배경으로 경찰에 끌려간 남자가 고문을 받는 이야기도 있었다. 김성종은 신춘문예로 등단을 했는데 당선작도 섬마을의 경찰관 이야기였다. 이후 『어느 창녀의 죽음』 등 형사를 주인공으로 한 작품을 많이 썼다. 아무래도 당시 최고 인기였던 일본의 사회파 추리 작가인 마츠모토 세이초와 모리무라 세이이치의 영향을 받았을 것으로 보인다. 『여명의 눈동자』, 『제 5열』 등 초기의 걸작을 낸 이후에는 지나치게 독자의 기호에만 맞춰 폭력과 섹스를 주로 묘사하는 스릴러로 기울어지면서 따분해졌다. 중학교 때는 김성종의 『여명의 눈동자』, 『일곱 개의 장미송이』 등을 한창 재미있게 읽었다. 킬링타임용으로는 최적의 소설들이었다. 문장도 탄탄했고 구성도 좋았다. 『일곱 개의 장미송이』 이후로는 정교한 트릭이나 사회적 함의보다는 말초적인 부분으로만 기울어져 가서 손에서 놓았지만.

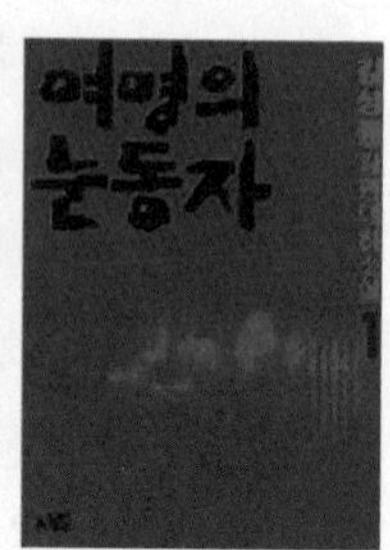

고독과 굴욕
여명의 눈동자

모음사에서 나온 싸구려 액션 스릴러에도 빠져들었다. 『디스트로이어』, 『마스터 닌자』, 『차퍼』, 『리모』 등등. 내용은 거의 한결 같았다. 싸우고 죽이고, 섹스를 한다. 『디스트로이어』는 영화로도 나온 마블의 캐릭터 '퍼니셔'처럼 가족을 마피아에게 잃은 특수부대 요원이 세계의 모든 범죄조직에게 복수한다는 내용이다. 지역을 옮겨가며 계속 범죄조직원들을 죽이고 붕괴시킨다. 그러고는 만나는 여자들과 섹스를 하는 것의 반복이다. 『마스터 닌자』의 주인공은 닌자술을 배운 백인이고 내용은 이미 아는 그대로다. 『차퍼』나 『리모』는 어떻게 무술이나 사격술을 배웠는가, 주된 적이 누구인가만 다를 뿐, 죽이고 섹스하고의 연속이다. 코믹하게 풀거나, 비장하게 풀거나의 차이도 조금 있고. 흥미로운 것은 리모의 스승이 한국인이라는 점 정도. 하지만 고증은 거의 없다시피 하다.

뜬금없이 일본의 기업소설도 읽었다. 가장 기억에 남는 제목은 가지야마 도시유키의 『정사어음』이었다. 중학교 때 읽으면서는 몰랐지만, 후일 가지야마 도시유키는 『대물인간』, 『홍등』 등 일본의 도색물 작가로 알려지게 되었다. 가지야마의 작품에 섹스가 많이 나오고, 이야기의 흐름에서 성이 중요한 역할을 하는 것은 맞지만 그렇게 비하할 만한 작가는 아니다. 일본에서 가지야마는 기업소설의 1세대 작가로 평가된다. 『정사어음』은 부패한 국회의원이 기업을 가로채기 위해 어음을 탈취하고, 그것을 빼앗기 위한 싸움이 벌어지는 이야기다. 치밀한 취재를 바탕으로 이루어져 기업 사냥의 드라마틱한 재미를 느낄 수 있지만, 그 시절에는 경제에 별로 관심이 없었다. 주인공이 정재계는 물론 환락가와 야쿠자들이 암약하는 이면의 세계를 넘나들며 펼치는 음모와 활약이 흥미로웠을 뿐이다.

그리고 『정사어음』에서 지금도 기억나는 한 가지가 있다. 중요한 인물로 나온 야쿠자가 변태였는데, 그때는 정말 상상도 하지 못했던 스카톨로지(배설물을 이용해 성욕을 느끼는 것) 취향이었다. 야쿠자에게는 애인이 있었는데, 처음에는 정상적인 섹스를 하다가 야쿠자가 점점 이상한 요구를 한다. 그녀의 배설물을 원하는 것이다. 인분으로 만든 케이크를 먹기도 했다. 역겹기는 했지만, 그런 느낌 이전에 이상했다. 가능한 일일까, 고심했다. 대학에 들어가 사드의 『소돔의 120일』을 읽으면서 변태성욕에 대해 조금 자세하게 알게 되었다. 아주 심플한 SM부터 스카톨로지, 네크로필리아(시체 성애자) 등 끝없는 이상성의 세계에 대해서도 책을 읽고, 영화를 보고, 파고 들어가 봤다.

그 시절에 봤던 SF 소설 중에는, 지구의 여성을 납치하여 노예로 파는 행성이 무대인 '스페이스 오페라(우주에서 펼쳐지는 모험, 서사시 스타일의 SF 소설)'가 있었다. 제목을 잊고 있었는데 '고르'라는 행성의 이름만 기억이 났다. 세월이 흐른 뒤에 인터넷을 뒤져보니 작가 이름은 존 노르만이고, 1966년부터 무려 2013년까지 33편을 출간한 '쓰레기' 명작으로 평가받은 『지구에서 온 여자』라는 작품이다. 고르는 지구의 반대편에 있는 소위 반(反)행성이다. 태양을 사이에 두고 정반대에 있기 때문에 절대로 지구에 사는 우리에게 보이지 않고, 화이트홀 같은 곳을 통해서 서로 이어져 있는 이(異)세계. 그래서 지구와 비슷한 환경이고 사람들이 살지만 전혀 다른 발전을 이루어 온 곳으로 SF에서 흔히 묘사된다. 브누아 페테르스가 쓰고, 프랑수아 스퀴텐이 그린 그래픽노블 '어둠의 도시들' 시리즈도 지구의 반행성을 무대로 펼쳐지는 환상적인 이야기다.

정사어음
지구에서 온 여자

하여튼 지구 반대편에 있다는 고르 행성을 무대로 펼쳐지는 고르 연대기를 읽었는데, 묘했다. 고르는 여성들을 성적인 노예로 사용하는 행성이다. 그러니까 남성들의 SM 판타지를 무한정으로 발산하여 만들어낸 세계라고나 할까. 《코난 더 바바리안》에 SM 판타지를 더한 것이라고도 할 수 있다. 내용은 거의 기억이 나지 않는다. 첫 부분에서 한밤에 자고 있던 여인이 갑자기 열린 게이트를 통해 나타난 괴한들에게 납치되고, 이후 사막 같은 곳에서 노예 상인들이 여자를 팔고 다니는 장면만이 기억난다. 내용이 거의 기억나지 않는 걸 보면 재미는 별로 없었던 것 같기도 하고, 아니면 반대로 순식간에 다 읽어서 그럴지도 모른다는 생각도 든다. 어른이 되어서 다시 알아본 고르 연대기는 꽤나 전설적인, 악명이 높은 싸구려 소설이었으니까. 영국에서는 고르 연대기에 빠져 여성을 납치해 할렘으로 만들려 했다는 정신병자도 있었다.

고르 연대기가 무려 21세기에도 신작이 나왔다는 사실을 알고 의아하기도 했다. 이런 소설이 반세기가 넘게 대중의 말초적 흥미를 자극한 이유는 무엇일까. 어쩌면 미키 스필레인의 '마이크 해머' 시리즈 같은 것일까. 하드보일드 소설은 대실 해밋, 레이먼드 챈들러, 로스 맥도널드 3명의 거장을 거치면서 세상의 모순을 극도로 압축해 놓은 범죄의 양상을 그려내고, 현대의 기사로서 존재하는 고독한 탐정을 탄생시켰다. 하지만 같은 하드보일드 소설로 분류되는 마이크 해머 시리즈는 정반대다. 극우파였던 미키 스필레인은 그야말로 폭력적인, 자신의 정의를 위해서 마음대로 총을 휘두르는 반

(反)영웅을 탄생시켰다. 여성에 대한 인식도 정반대다. 마이크 해머는 여성을 그저 쾌락의 대상으로만 본다. 그야말로 눈먼 폭력과 섹스의 향연이다. 이런 싸구려를 누가 좋아할까, 라고 생각할 수도 있지만 마이크 해머 시리즈는 50년대부터 선풍적인 인기를 끈 베스트셀러였다. 지금도 작가가 바뀌면서 계속 나온다.

김성종의 소설들은 점점 폭력과 섹스에 빠졌고, 모음사의 액션 스릴러와 고르 연대기도 오로지 폭력과 섹스 일변도다. 그런 소설들은 잘 팔린다. 1990년대 이후 한국에서는 잘 안 팔렸지만 해외에서는 여전히 잘 팔린다. 아니 한국도 마찬가지이긴 하다. 무협지도 한때는 오로지 섹스만을 파고들었다. 말초적인 킬링타임용으로는 그만한 것이 없다. 하지만 대본소 무협지를 한참 보다가도 김용의 무협지를 보고, 좌백 등의 신세대 무협을 읽게 되면 달라질 수 있다. 정말로 잘 만든 소설을 읽게 되고 재미를 붙이면, 폭력과 섹스만으로 점철된 이야기는 오히려 재미가 없어진다. 포르노를 자꾸 똑같은 것만 보고 있으면 지루하고 결국 멀리하게 된다. 그러니까 포르노도 늘 새로운 이야기와 접근방식으로 잘 만들어야 한다. 말초적으로, 극단적으로 빠져드는 것이 아니라 새로운 인식의 모험이 필요하다.

본격적인 야설을 만난 것은 포르노영화, 잡지, 만화에 비하면 한참 늦었다. 인터넷이 보급되기 전까지 뛰어난 야설을 볼 수 있는 방법은 많지 않았다. 꿩 대신 닭이라고 야하다고 소문난 소설들을 찾아봤다. 다나카 야스오의 『어쩐지 크리스탈』이란 소설이 있다. 1981년에 아쿠다가와상 후보에 올랐던 『어쩐지 크리스탈』은 학생

운동이 완전히 종식되고 풍요로운 버블 시대를 살아가는 1980년대 젊은이들의 이야기다. 야하다는 소문을 들었다. 일본에서도 화제라고 들었다. 하지만 소설을 읽으면서 야하다는 생각은 전혀 들지 않았고, 온갖 새로운 상품을 설명해주는 카탈로그 같은 느낌이었다. 모든 것을 물질로 소비하는 시대, 크리스탈처럼 아름답지만 아무것도 없는 '나'라는 존재. 안도 유마 원작, 오시이 토모야가 그린 만화 『도쿄 80's』도 같은 시대를 다룬다. 추억으로 바라보는 80년대와 그 시절 바로 곁에서 보는 80년대는 꽤 달랐다.

무라카미 류의 『한없이 투명에 가까운 블루』는 한참 치열했던 1960~70년대를 살아가는 젊은이들의 방황을 그린다. 무라카미 하루키의 초기 소설도 섹스에 대해 꽤나 직설적으로 말하지만, 무라카미 류의 소설은 섹스를 정면에 두고 응시하는 작품들이 유난히 많았다. 무라카미 류는 하루키와 비슷한 나이의 작가이고, 마침 성도 같아 함께 이야기되는 경우가 많지만 스타일은 전혀 다르다. 무라카미 류는 예민하게 촉각을 세우고 사회가 어떻게 흘러가는지를 탐색하면서, 가장 먼저 새로운 소재에 대한 이야기를 만들어내는 작가다. 소재주의라고 비판할 수도 있지만 '새로운' 이야기를 보는 재미는 포기하기 힘들다. 테레쿠라(성인전화방)와 데리헤루 등의 풍속산업, SM, 원조교제 등 첨예한 소재를 망설이지 않고 극단적으로 그려낸 『너를 비틀어 나를 채운다』, 『토파즈』, 『러브&팝』, 『라인』 등 다양한 소설이 있다. 『토파즈』를 원작으로 영화 『도쿄 데카당스』를 연출하기도 했다. 졸작은 아니었지만 이후 무라카미 류는 영화보다 소설에 주력했다. 그건 다행인 듯하다.

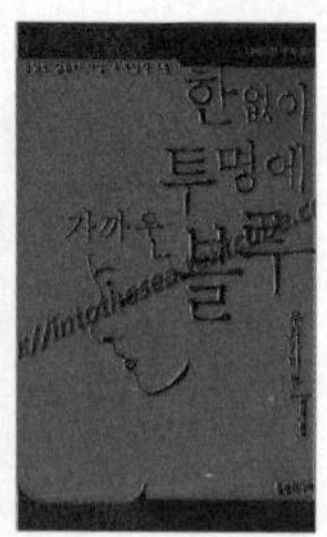

토파즈

한없이 투명에 가까운 블루

흔히 일본 소설은 이상한, 변태적인 것을 많이 다룬다고 생각한다. 한국에 비하면 그렇기도 하다. 한국보다 훨씬 인구가 많으니 다양한 것을 욕망하거나 즐기는 사람도 많고, 타인의 눈치를 보지 않고 원하는 것을 추구하는 비주류 문화도 자생할 수 있으니 이상한 것들이 많아지는 것은 당연한 경로다. 하지만 아무리 이상한 것일지라도 막상 읽다 보면 결국은 다 인간의 문제일 뿐이다. 조금은 사소하고, 조금은 대단한 섹스. 상황과 주체에 따라 현저하게 달라지는 섹스와 인간의 위상.

한국에 와서 홀대받은 하나무라 만게츠의 『게르마늄의 밤』도 크게 야하다거나 변태적이라고는 생각하지 않았다. 확실히 소설로 읽는 것은, 영상에서 보이는 선정적인 장면과는 다른 질감이었다. 이후에 인터넷이 일상화되면서 야설이라는 것을 제대로 읽게 되었다. 국내 작품들이 압도적으로 많았지만, 일본 소설을 번역해서

올려놓은 것들도 있었다. 일본에서는 관능소설이라고 부르는 것이 포르노소설이다. 주로 변태적인 상황을 다룬 것이 많은 것 같다. 관능소설을 내는 출판사 중에서 유명한 곳으로는 프랑스서원이 있다. 로고에는 고양이 그림이 있고, 마치 우아한 로맨스소설을 내는 출판사 같지만 관능소설의 메카다. 아무래도 미국보다는 프랑스가 조금 더 자유분방하고, 우아하고 아름다울 것 같다는 선입견 때문일까. 사드 후작도 프랑스 출신이다. 그리고 그런 변태적인 성향 역시 하나의 아름다움이라고 인정받을 수 있는 나라가 아닐까.

영상과 그림만으로도 어느 정도 이해가 가능한 AV와 만화와는 달리 소설은 제대로 된 정보를 구하기 쉽지 않았다. 국내에 정식으로 출간된 적도 거의 없었다. 어찌어찌 야설을 구했어도 작가 이름이 안 나오기가 일쑤였다. 그러다가 겨우 알게 된 거장은 단 오니로쿠였다. 단 오니로쿠라는 이름을 처음 본 것은 다방에서 본 로망포르노의 원작자로서였다. 그후 각종 핑크영화에서 단 오니로쿠의 이름을 발견했고, 이시이 다카시의 걸작 《꽃과 뱀》이 일본에서 화제를 모으면서 분명히 인지하게 되었다. 너무나도 당연한 사실이지만 야설에도 거장이 있다는 것을. 그리고 단 오니로쿠는 결박과 조교를 주로 다루는 작가라는 사실도. 『오욕의 꽃』이라는 제목으로 출간된 단 오니로쿠의 소설도 헌책방에서 찾아냈다. 하지만 거기까지였다. 일본 야설은 여전히 찾아보기가 쉽지 않다. 공식적인 방법은 거의 없고.

핑크영화: 1960년대 메이저에 대항하기 위해 독립 프로덕션에서 제작하던 저예산의 선정적인 영화

단 오니로쿠의 소설을 읽어보고 싶었지만 일본어로 읽으려니 엄두가 안 났다. 대신 단 오니로쿠의 소설을 각색한 핑크영화는

1970년대부터 무수하게 많았다. 이시이 다카시의 《꽃과 뱀》은 고급스럽게 만들어 흥행에 성공했고, 중년의 여배우 스기모토 아야는 방송에도 단골로 출연하는 인기인이 되었다. 단 오니로쿠는 일본 특유의 SM에 대해서 알려준다. 사드 후작의 책에서부터 연유하는 SM은 상대에게 정신적, 신체적 고통을 안겨 주면서 성적 흥분을 얻는 것을 말한다. 어렸을 때는 그 정도만 알고 있었다. 변태적이라고 생각하면서도 그 이유를 정확하게 이해하지는 못했다. 알 리가 없었다. 사랑하면 상대를 아끼고 존중해야지 왜 때리거나 수치감을 안겨 주는 것일까. 마찬가지로 왜 고통과 굴욕을 당하면서 쾌감을 느끼게 되는 것일까.

20대 중반쯤에 다카하시 반메이 감독의 《사랑의 신세계》(1994)라는 영화를 보게 되었다. 세계적으로 유명한 사진작가 아라키 노부요시의 사진들이 영화 속에 많이 등장했던 《사랑의 신세계》는 당시 일본에서 금지되었던 헤어 누드가 처음으로 영화에 허용되면서 화제가 된 작품이었다. 《사랑의 신세계》 이후 일본에서 상영되는 일반 영화에서 헤어 누드는 완전히 해금되었다. 영화 속에는 SM 클럽에서 여왕님으로 일하는 여성이 나온다. 바깥 세계에서는 보통의 여성이지만 직업으로서 매저키스트 남성을 욕하고, 때리고, 묶는다. 그녀를 찾는 손님들은 모두 매저키스트다. 그런데 매저키스트라면 보통 유약하고 겁이 많은 사람이라고 생각하기 쉽지만 오히려 반대였다. 대기업의 부장이나 야쿠자 중간 보스 등이 그녀를 찾았다.

영화를 보다 보니 문득 생각이 들었다. 저들은 평소에 사람들

을 부리고, 때로 질책하는 이들이다. 야쿠자는 직접적인 폭력을 쓰기도 할 것이다. 평소에는 그들이 타인을 지배하는 입장이다. 하지만 그들의 마음속에는 불안이 있다. 내가 이래도 되는 것일까, 나는 과연 그럴만한 자격이 되는 것일까. 불안함이 커지면 그들은 맞으러 온다. 맞고, 학대받으면서 불안감을 해소한다. 당연히 SM이 단지 그것만은 아니지만 《사랑의 신세계》를 보면서 하나의 방식을 이해할 수 있었다. 그런 식으로 마음의 공식이 만들어지면 SM에 빠지는 이들도 나올 것이다. 건전한 SM을 묘사하며 주류에서 SM이 받아들여지게 공헌한 아야즈메 류타의 만화 『나나와 카오루』에서 공부도, 운동도 잘하는 모범생 여고생이 SM에 빠져드는 이유도 비슷하다. 예쁘고 모범생에 공부도 잘하는 나나가 가진 불안을, SM 플레이를 통해서 풀어낸다. 다른 경우도 있다. 핑크영화에서 M역을 주로 했던 여배우가 나온 다큐멘터리에서는, 어렸을 때 학대를 받았던 경험이 있었는데 묶이거나 하는 과정에서 일종의 해방감을 맛봤다고 말하는 장면도 있다. 자신을 굴욕적인 상황으로 밀어 넣음으로써 자극을 느끼는 것. 반대로 S의 입장에서도 다양하다. 정말 폭력에 매료되는 경우도 있고, 상대를 지배하는 희열에 빠지기도 한다. 합의에 의해서 일종의 역할 게임을 하는 경우도 있고. SM을 알게 되면서 섹스는, 인간은 참으로 복잡하고 미묘하다는 것을 새삼 느꼈다.

꽃과 뱀
사랑의 신세계

야설이라고 하면 일단 포르노를 생각한다. 물론 포르노라고 해도 걸작이 존재하기는 하지만, 보통 포르노라는 생각을 하면 바로 배척해 버리는 경우가 많다. 야설이라는 이름 대신 관능소설이나 성애소설 등으로 성을 다룬 소설을 부를 수도 있지만 아직 널리 통용되지는 않는다. 분명한 것은, 야설이라는 단어가 공식 용어로 쓰이기에는 부족하다는 사실이다. 그러니 명칭에 대해서도 어느 정도 합의가 되면 좋을 것이다. 다만 명칭이 무엇이 되건 핵심은 아니다. 결국은 내용이고, 성을 어떻게 다룰 것인지가 제일 중요하니까.

성을 다룬 소설은 문장을 읽으면서 이미지를 상상하게 만든다. 남자의 성적 욕망은 시각에 의해 상당 부분 충족된다고는 하지만 다른 관점도 있다. 신체적인 자극이 중요하기는 하지만 진짜 쾌락은 뇌에서 비롯된다는 것이다. 뇌에서 상상하고 스스로 욕망을 이루어내는 것. 그런 점에서 본다면 소설은 느리지만 서서히 밀려드는 거대한 해일 같을 수도 있지 않을까. 나는 야설 이상으로 『크래시』, 『데미지』 같은 소설에서 묘한 흥분 같은 것을 느꼈다. 한 남자가 어떻게 한 여자에게 완벽하게 빠져들어 자신을 파괴할 수 있는

가. 무생물에게 욕망을 느끼고, 죽음의 과정과도 같은 섹스를 통해서 어떻게 자기를 초월할 수 있는가.

그런 류의 이야기를 풀어내기에는 소설이 역시 좋다. 단지 상상력을 자극하는 것만이 아니라 성에 대해서 더 깊이 생각하게 한다. 그런 점에서 나는, 섹스는 뇌로 하는 것이라는 점에 동의한다. 단지 그것만은 아니지만 무척이나 상상력이 중요하다는 것. 보이지 않는 것을 보게 만드는 것은 결국 우리의 뇌이니까.

사랑의 체험수기

중학생때는 지적인 남학생이 되고자 수많은 책을 읽었다. 좋아해서 읽었다기 보다는 책을 많이 읽으면, 얼굴이 '지성적'으로 바뀔 것 같아서였다. 화장품을 바르면 얼굴이 고와지듯이 철학책 같은 수준 높은 책을 읽으면 고뇌나 번민으로 가득찬 외모로 변신, 여학생에게 인기를 끌 것 같았다. 운동에 소질이 없었던 나는 만능 스포츠맨의 꿈을 버리고 일찌감치 지적 남학생의 이미지메이킹을 시작했다. 그러나 아무리 책을 읽어도 고뇌는 커녕 졸음만 찾아왔다. 어려운 문장과 단어는 해석불가능이었다. 그 와중에 독자들의 수기를 모아서 낸 '사랑의 체험수기'시리즈가 인기를 끌고 있었다. 이 시리즈는 신기하게도 머리에 쏙쏙 들어 왔다. 믿거나 말거나 연애경험담이었지만 읽고 나면 기나긴 사랑의 터널을 빠져 나온 것처럼 감동이 밀려 왔다. 남이야기로 간접경험을 쌓자 자신감이 생겼다. 그 후 맘에드는 여학생을 집까지 몰래 따라가고, 메모지에 데이트 신청을 하기도 했다. 어느날은 여학생의 어머니가 몽둥이를 들고 뛰쳐 나오기도 했다. 결국 나의 체험수기는 실패로 끝났지만, 사랑의 체험수기 시리즈는 학창시절 잊을 수 없는 명작이었다.

사랑의 체험수기_눈물빛깔의 꽃, 1977년, 대현출판사, 1200원

그 시절, 벤치에 홀로 앉아 책을 읽고 있으면 내 모습에 반한 여학생이 다가올것 같았다...

졸라~ 티내구 있네~ 끼끼

사랑의 체험수기 시리즈 1977년 50만원의 상금을 걸고 '학원', '여학생', '학생중앙' 등에 응모전 광고를 내고, 독자들의 수기를 응모 받아 입선한 작품들을 수록했다. 1회 때는 총 706편이 응모, 그중 28편의 입상작을 추려내어 1권과 2권에 나누어 출간했다. 후에 인기를 끌자, 총 10권 이상의 시리즈가 나왔다.

사랑의 체험수기
콧물과 함께 찾아온 첫사랑
<100억원 고료 낙방작품>
때는 1979년
딸딸딸딸...
이새끼가 공부는 안하고 맨날 고추만 만져!!
잉~ 또 걸렸네..
엄격한 모친은 제 마음을 몰랐습니다. 그래서 저는 집을 뛰쳐 나왔습니다.
흑흑... 자유를 찾아 떠나야지~
그때였습니다
쿵!
순백의 마스크를 쓴 청순한 소녀와 머리를 박은 것이였습니다.
괜찮으세요?
이렇게 우리의 만남은 시작되었습니다.
콧물이 나와서 마스크를 썼어요~
그럼요~ 늑대인간의 고뇌가 뛰어난 작품입니다. 저는 사르트르의 실존주의에
내면의 성찰을 고도로 승화하고 있답니다~
혹시 버지니아 울프를 좋아하세요...?
그녀의 이름은 '마리' 마스크의 '마'와 이빨의 '이'를 합쳐서 마리로 정했습니다.
어머! 너무 이쁜 이름이에요~ 오빠...
그래! 너는 앞으로 4만의 영원한 마리가 되는 거야!
매서운 바람으로 콧물이 나오기 시작했습니다.
질질...
오빠~ 제 마스크를 빌려드릴게요
마스크를 벗은 마리는 매력적인 개성의 소유자였습니다 저는 마리의 모습에 다시한번 놀랐습니다.
오빠~ 우리 키쓰할까요?
정말!
그때였습니다!
땡 땡 땡
아~ 주님이 부르세요~ 오빠 안녕~
그렇게 우리의 사랑은 끝나버렸습니다. 마리는 제 마음에 아련한 추억으로 남았습니다. 아름다운 우리들의 첫사랑은 콧물과 함께 영원히 기억될것입니다.
집에가서 딸이나 쳐야지 오늘은 꼭 몰래 칠거야~

화면 속 섹시한 그녀를 보았다

에로영화라고 하니 이상하다. 사랑보다 섹스에만 초점을 맞춘 영화를 말하는 것 같다. 섹스가 없는 사랑도 가능하고, 사랑이 없는 섹스도 가능하다. 사랑과 섹스가 일치한다면 좋겠지만, 그건 오히려 소수가 아닐까. 그래서 사랑이 중심이면 로맨스, 멜로영화가 되는 것이고 섹스를 주로 다루면 에로영화가 되는 것일까? 그건 아닌 것 같다, 고 나는 생각한다. 섹스를 일종의 스포츠나 친밀한 대화와 유사한 것으로 생각한다면 그것은 에로영화의 주제로만 적합한 것일까? 사랑이 없는 섹스를 하면서도 소박하고 일상적인 드라마를 그리는 것 역시 가능하지 않을까? 반대로 일상적인 드라마에서 아주 야한, 에로틱한 순간을 발견하는 것은 어떨까. 왜 햇빛 아래 섹스가 정면으로 나서는 것을, 혹은 드러내는 것을 사람들은 두려워하는 것일까. 복잡하다. 결혼이라는 사회적 제도의 모순과 문제도 있고, 사랑과 섹스의 관계와 차이에 대한 생각도 천차만별이고, 여전히 섹스는 뜨거운 감자다. 입에 넣는 것만이 아니라 당장 손에 쥐는 것조차도 너무 힘든.

하지만 분명한 사실은 있다. 어느 순간 발견한다는 것. 흔히 말해 야하다는 것, 성적인 느낌을 배우지 않아도 알게 된다는 사실. 어렸을 때 TV에서 해주는 주말의 명화를 보다가 야시시한 무엇인가를 발견했다. 영화 《공룡 백만년》의 여배우 라켈 웰치를 처음 그런 느낌으로 보았던 것 같다. 그런데 《공룡 백만년》을 무엇으로 처음 보았는지 기억이 희미하다. 일본 영화잡지에서 본 야한 스틸 사진은 분명하게 기억한다. 원시인이 공룡들과 싸우는 틈에 라켈 웰치가 있거나 하는 몇 개의 장면도 떠오른다. 분명히 성적인 뉘앙스로 기억한다. 잡지와 TV 중에서 처음은 무엇이었을까. 어쩌면 TV에서 처음 보았을 때에는 무심코 넘겼다가 <스크린>에서 스틸을 발견하고 뒤늦게 연결시킨 것일 수도 있다. 아니 영화 장면조차도 영화 정보 프로그램이나 비디오로 뒤늦게 보고 추가한 것일 수 있다. 하지만 상관없다. 공룡과 인간이 함께 살았다는 설정은 지금의 과학 상식으로는 말도 안 되는 것이지만 《공룡 백만년》에서 과학적 사실 따위는 중요하지 않다. 라켈 웰치가 출연했다는, 털가죽으로 만든 섹시한 의상을 입었다는 사실이 중요할 뿐.

야하다, 는 생각을 했던 영화로 확실하게 기억나는 것은 《더티 해리 3》이다. 해리는 신참 형사인 케이트와 팀을 이뤄 범죄조직에 잠입하려 한다. 해리가 악당들에게 집단폭행을 당하자 케이트가 그들을 유혹한다. 정사 장면까지는 나오지 않지만 케이트가 상의를 벗는 장면이 매혹적이었다. 《더티 해리 3》를 본 것은 중학교 2학년 때였다. 일본에 다녀온 아버지가 비디오 데크를 가져 오셨고, 반포에 가면 비디오테이프를 빌려주는 곳이 있었다. 정품 비디오라는 개념이 아예 없을 때라 주로 일본 TV에서 녹화한 영화와 쇼 프로그램들이었다. 그곳에서 《더티 해리 3》를 빌렸다. 액션영화였기에 온 가족이 둘러앉아 보고 있는데 그런 민망한 장면이 나왔다. 혼자나 형과 함께 봤다면 그러려니 했을 수도 있다. 하지만 주변의 시선을 의식하니 전혀 아무렇지도 않은 척해야 했고, 그러다 보니 뭔가 상황이 더 미묘해졌다. 그래서 《더티 해리 3》의 그 장면이 또렷하게 '야하게' 기억에 남았다. 이미 포르노잡지도 많이 보았을 때였지만, 그 이상으로 야했다.

집에서 비디오를 볼 수 있게 된 후, 야한 영화를 구해보는 것은 필수였다. 중고등학교 때 소문으로 떠돌던 야한 영화의 필수과목이 있었다. 《엠마뉴엘 부인》, 《파리에서의 마지막 탱고》, 《네 무덤에 침을 뱉어라》 그리고 극장에서 개봉도 했던 《그로잉 업》. 뭘 먼저 봤는지는 기억나지 않는다. 아버지가 사온 비디오는 소니의 베타 방식이었다. 하지만 베타는 경쟁에서 밀렸고 VHS가 빠르게 보급되었다. 얼마 지나지 않아 우리집도 VHS 방식의 비디오를 구입했고, VHS는 빌릴 수 있는 곳이 훨씬 많았다. 1980년대 초반에는 정품 비디오가 많지 않았고, 비디오 가게라면 반드시 불법 비디오를 빌려줬다. 이 야한 영화들도 어디까지나 영화였으니까. 물론 포르노비디오를 빌려주는 비디오 가게도 많이 있기는 했다. 가끔 빌려보았다. 굳이 청계천에 갈 필요가 없어졌다. 하지만 일반 영화를 더 많이 봤다. 더, 재미있으니까.

《엠마뉴엘 부인》은 처음부터 끝까지 실비아 크리스텔이었다.

프랑스 외교관의 정숙한, 아니 순진한 부인이 신비한 동양에 가서 새로운 세계를 만난다. 영적 스승을 만나고 자유로운 섹스의 경험을 하면서 멋지고 관능적인 여인이 된다. 영화음악전집의 카탈로그에서 봤던, 등나무 의자에 토플리스 차림으로 다리를 꼬고 앉은 엠마뉴엘 부인. 부인이라는 말을 하기에는 너무 젊었고, 그녀는 한없이 고혹적이었다. 그때는 전혀 몰랐다. 그녀의 섹스가 성을 통한 자아 찾기라는 것을. 자막이 없는 상태로 보았으니 더욱 그랬을 수밖에 없다. 오로지 야한 장면을 보기 위해서 본 것이고, 그것만으로도 대단히 만족했다. 마지막 장면이 기억에 남는다. 모든 모험을 마치고 돌아온, 다시 화장대에 앉은 그녀의 분위기는 처음과 전혀 달랐다. 처음 시작점에서 청초해 보였던 엠마뉴엘이 아니라 섹시하면서도 기품이 있는 엠마뉴엘로 성장했다. 풋풋함이 아니라 성숙함이다.

베르나르도 베루톨루치의 《파리에서의 마지막 탱고》는 첫 정사 장면이 지금도 선명하다. 빈 아파트에 들어간 남과 여. 연인이 있으면서도 그녀는 낯선 남자와 섹스를, 아주 거친 섹스를 한다. 아내를 잃은 중년의 미국 남자에게 안겨서. 섹스가 끝나고 여전히 코트를 벗지 않은 상태의 그녀가 바닥에서 구른다. 그녀의 나신, 다리 사이의 검은 음모가 보인다. 그 순간이 너무나도 아름다웠다. 마리아 슈나이더, 그녀는 너무나도 아름다웠다. 개인적으로 보자면 《엠마뉴엘 부인》의 실비아 크리스텔보다 마리아 슈나이더에게 더 끌렸다. 다만 그녀의 영화를 별로 보지 못해 이후 서서히 잊어버렸을 뿐.

자막이 없어서 아쉽기는 했다. 《엠마뉴엘 부인》을 보면서는 자막이 없어 아쉽다고 생각하지 않았지만 《파리에서의 마지막 탱고》를 보면서는 정말로 궁금했다. 저 남자는 왜 물 없는 욕조 안에 들어가 울고 있는 것일까. 저 남자가 무슨 말을 했기에 그녀는 도망치려 하는 것일까. 왜 그 남자를 죽이는 것일까. 후일 사설 시네마테크에서 자막이 있는 《파리에서의 마지막 탱고》를 보면서 정확하게 알게 되었다. 익명의 섹스를 나누다가 불현듯 자신이 누구인지를 드러내려는 남자에게서 도망치고 싶었다는 것을. 영화감독인 연인은 좌파였고, 그를 사랑하면서도 그녀는 다른 욕망을 느꼈다고.

《파리에서의 마지막 탱고》는 지금도 가장 아끼는 작품의 하나다. 마리아 슈나이더 때문이기도 하고, 퇴폐적인 말론 브란도도 좋다. 《대부》에서의 말론 브란도보다 더욱 아낀다. 《파리에서의 마지막 탱고》에는 좋아하는 장면들이 너무나 많다. 첫 번째의 정사, 전철이 지나가는 교각 아래에서 귀를 막으며 고통스러워하는 남자, 사람들의 질시를 받으며 탱고를 추는 남녀, 나체로 앉아 서로를 마주 보는 남녀 등등. 어렸을 때는 제대로 이해하지 못했다. 아니 무슨 영화인지조차 알 수 없었다. 정사 장면은 너무나도 눈에 박혔고, 그 외의 수많은 장면들도 선명했지만 뭔지는 몰랐다. 하지만 묘하다. 나이가 들면서 그 장면들의 의미가 조금씩 형체를 갖추기 시작했다. 그리고 시네마테크에서 다시 보았을 때는, 비로소 확인했다. 《파리에서의 마지막 탱고》를 중학교 때 본 순간이 헛되지 않았음을. 정사 장면만이 아니라 그녀와 그의 공허함 그리고 슬픈 욕망의 아우라를 그 순간에도 느낄 수 있었다는 사실을 알게 되었다.

엠마뉴엘 부인
파리에서의 마지막 탱고

《네 무덤에 침을 뱉어라》를 이 영화들과 함께 이야기해도 좋을지는 모르겠다. 정사 장면이 나온다는 것 말고는 《엠마뉴엘 부인》과 《파리에서의 마지막 탱고》와는 전혀 다른 영화다. 게다가 이 영화에는 합의된 섹스도 없다. 윤간과 의도된 유혹이 있을 뿐. 그렇지만 사춘기 시절의 아이들에게는 다 같은, 야한 영화였을 뿐이다. 그렇게만 알고 봤다. 시골 마을로 휴가를 간 여자가 있다. 산책을 갔다가 동네 청년들에게 윤간을 당한다. 끔찍하게 몇 번에 걸쳐 잔인하게 농락당한다. 살아남은 그녀는 복수를 한다. 한 명씩 유혹을 하며 불러들여서는 죽여 버린다. 아주 잔인하게, 그들이 그녀에게 했던 것처럼 폭력을 가한다. 이 영화를 보고 나서는 멍한 느낌이었다.

《네 무덤에 침을 뱉어라》는 1978년 작품이다. 악인에게 잔인한 복수를 하는 영화로는 웨스 크레이븐의 《왼편 마지막 집》(1972)이 있었다. 한밤중에 찾아온 청년들이 그들의 딸을 강간하여 죽였다는 것을 알게 된 부모가 직접 처단한다는 내용이다. 선량한 보통의 중년 부부가 잔인하게, 짐승 이하의 그들을 난도질한다. 잉그마르 베르히만의 《처녀의 샘》(1960)을 리메이크했다.

샘 페킨파의 《어둠의 표적》(1971)도 있다. 작가가 글을 쓰기 위해 아내의 고향으로 함께 간다. 아내의 고향 친구들은 샌님인 남자를 멸시하고, 노골적으로 그의 아내를 유혹한다. 그리고 강간한다. 모든 사실을 알게 된 남자는 복수를 한다. 《어둠의 표적》은 폭력에 대한 사적인 복수인 동시에 시골에 대한 환상을 산산이 깨버리는 영화다. 평화롭고 안전한 전원생활이란 것은 과연 가능한 일인가. 폐쇄된 공동체 안에서는 무엇이든, 어떤 비밀이든 가능하다. 《텍사스 전기톱 대학살》에서도 시골 마을의 살인마 가족이 캠핑 온 대학생들을 살육한다.

《네 무덤에 침을 뱉어라》는 야하다. 끔찍하면서 강렬하다. 그런데 복수하는 장면들이 더 짜릿했다. 남자를 유혹하여 섹스를 하다가 목에 올가미를 건다. 칼로 몇 번이고 찔러댄다. 그녀의 복수는 지극히 정당하다. 우울한 사춘기 시절, 그런 복수를 원했다. 70년대의 미국은 범죄가 창궐하던 시절이다. 1974년에 만들어진 찰슨 브론슨 주연의 《데드 위시》는 대도시 중심가에서 강도와 절도 등 범죄가 만연하지만 경찰이 거의 대응하지 못하는 현실을 보여준다. 보다 못한 중산층은 교외로 빠져나가고 도심은 더욱 슬럼화된다. 아내와 딸이 범죄의 표적이 되자 남자는 총을 들고 거리에 나가 범죄자를 응징한다. 사적인 복수는 현대 사회에서 과연 가능한 것일까. 《네 무덤에 침을 뱉어라》는 당대의 좌절과 분노를 극단적인 익스플로테이션 영화로 만들어냈다. 깊이보다는 선정적인 화면을 담았지

의도적으로 선정적인 장면과 소재를 사용한 영화

만 그 덕에 확실하게 기억에 남았다.

《그로잉 업》(1979)은 1990년대로 본다면 《아메리칸 파이》 같은 청소년 섹스 코미디다. 사춘기 시절 왕성한 성에 대한 호기심을 노골적으로 그려낸 코미디 영화. 한국으로 보면 《몽정기》, 《색즉시공》 등이 있다. 비슷한 시기 할리우드에서 만든 섹스 코미디로는 《포키스》가 있는데, 국내에서는 극장 개봉을 하지 못하고 비디오로 직행했다. 당시에는 《그로잉 업》을 당연히 미국 영화라고 생각했지만 후일 알고 보니 이스라엘 영화였다. 그 사실을 깨닫고 되짚어 보니 남녀가 함께 군대 체험을 하는 장면도 있었다.

청춘 섹스 코미디의 공식은 비슷하다. 어울려 다니는 남자애들 그룹이 있고, 각각의 개성대로 여자를 만나고 섹스를 하겠다는 일념으로 온갖 기행을 벌이게 된다. 《그로잉 업》에서는 잘생기고 바람둥이인 바비, 늘 행동이 앞서지만 뚱보인 휴이, 평범하고 내성적이지만 생각이 깊은 주인공 벤지가 있다. 물론 청춘 섹스 코미디를 보는 이유는 야한 장면을 보고 싶어서이지만 의외로 깨달음도 있다. 벤지는 좋아했던 여자애가 바비에게 버림을 받고 힘들어하던 것을 도와주면서 사랑을 하게 된다. 하지만 그것은 벤지의 착각이었다. 어느 정도 시간이 흐르고, 상처가 아물자 그녀는 다시 바비에게 돌아간다. 애초에 벤지는 그녀의 연인이 아니었고, 세상은 자신의 것이 아님을 깨닫는다.

《그로잉 업》을 생각하자 《색즉시공》의 명장면이 떠오른다. 늦깎이 대학생 은식은 학교의 퀸카인 은효를 짝사랑한다. 하지만 은효는 학교의 킹카인 상욱과 사귀고 은식은 거들떠보지도 않는다. 다만 순진한 은식을 위해 일상적인 도움을 주기는 한다. 중반을 넘어가며 《그로잉 업》과 거의 똑같은 상황이 벌어진다. 상욱은 임신한 은효를 내친다. 함께 병원에도 가며 돌봐주던 은식은 은효의 웃음을 찾아주기 위해 차력쇼를 준비한다. 아무도 없는 한밤중의 연습실에서 자신의 몸을 때리고 고통을 참아가며 은효가 웃게 해준다. 물이 담긴 양동이에 한참 머리를 박고 있던 은식이 일어나 앞을 본 순간, 그녀는 없다. 그녀를 찾아온 상욱을 따라간 것이다. 기막히게 웃기지만 한없이 슬픈 이 장면을 보면서 쓴웃음이 났다. 천박하고 유치한 영화일지라도 때로 반짝이는 순간들이 있다. 지극히 통속적이고 신파적이지만 예리하게 삶의 진실을 보여주는 순간. 《색즉시공》의 차력쇼 장면처럼 《그로잉 업》은 청춘의 한 순간에 만난 아름다운 영화였다. 참으로 야했던 섹스 코미디이기도 했고.

그로잉 업

위험한 청춘

그 시절 할리우드에서 만들어진 청춘 섹스 코미디는 무척 많았다. 피비 케이츠가 나왔던 《프라이빗 스쿨》, 젊은 날의 숀펜과 제니퍼 제이슨 리를 만날 수 있는 《리치몬드 연애소동》 등도 명작이지만 그중에서 하나만 고른다면 단연 톰 크루즈의 《위험한 청춘》이다. 원제는 'Risky Business'. 지금도 그렇지만 청춘 시절의 톰 크루즈는 모범생 이미지였다. 교외의 중산층 가정에서 자라나 명문대 입학은 당연한 수순인 고등학생 조엘. 그동안 부모님 말씀을 엄수하며 모범생이었던 조엘은 단 한 번의 일탈을 저지른다. 부모님이 여행간 사이에 파티를 연 것이다. 고등학교 시절 처음이자 마지막 파티인지라 친구들과 어울려 어쩌다 보니 콜걸까지 부르는 막장으로 치닫는다. 술과 마약과 콜걸. 다음 날 깨어나 보니 집 안은 엉망진창이고 수습할 방법이 없다. 단기간에 돈을 벌기 위해 조엘이 택한 방법은 파티에 왔던 콜걸 라나와 함께 매춘 사업을 하는 것이다. 즉 포주가 되는 것. 단기간의 아르바이트라고 생각했지만 라나의 포주에게 두들겨 맞는 등 온갖 어려움을 지나고 나니 대학 같은 것은 우스워졌다. 입학사정관이 찾아왔을 때 조엘은 알게 된다. 대학에 갈 필요가 없다는 것을. 이미 그는 자본주의의 모든 것을 알게 되었으니까.

《위험한 청춘》은 도발적이다. 내용에 걸맞게 야한 장면들도 많이 나온다. 그중에서도 압권은 조엘과 라나가 시카고의 전철에서 정사를 나누는 장면이다. 도시의 불빛이 빠르게 내달리는 전철 안에서, 모범생이었던 조엘과 능숙한 콜걸이 섹스를 한다. 부둥켜안고 키스를 한다. 길게 뻗은 다리가 내비친다. 라나 역의 레베카 드 모네이는 고등학생의 마음을 단숨에 빼앗아버릴 정도로 섹시했다.

리메이크라 할 수는 없지만 엇비슷한 내용의 영화가 2004년에 나왔다. 원제가 'The Girl Next Door'인 《내겐 너무 아찔한 그녀》. 고등학교 졸업반인 매튜가 이웃집에 이사 온 다니엘에게 반한다. 문제는 그녀가 포르노 배우라는 것이다. 매튜는 다니엘을 따라 라스베이거스의 포르노 콘벤션에도 가고, 포주에게 위협을 당하기도 한다. 《위험한 청춘》과 거의 비슷하게 흘러간다. 다만 결말은 《위험한 청춘》에 비해 안전하게 사랑도 얻고, 대학도 가는 것으로 끝난다. 미드 《24》에서 아버지를 죽어라 고생시키는 딸 킴 바우어 역으로 나왔던 엘리샤 커스버트가 다니엘을 연기한다. 레베카 드 모네이에 비하면 훨씬 더 예쁘고 육감적이다.

불법 비디오로 《엠마뉴엘 부인》과 《파리에서의 마지막 탱고》를 봤지만 일반 극장에서도 야한 영화는 놓치지 않았다. 정확하게 말하면 그 시절에는 극장에서 개봉하는 거의 모든 영화를 봤다. 미성년자 관람불가 영화를 처음 보기 시작한 것이 고등학교 2학년이었고, 그 전까지는 청소년 관람가 영화를 거의 다 봤다. 1년에 개봉하는 외국 영화 편수가 30편 정도일 때였다. 《블루 라군》의 브룩 쉴즈가 나온다고 하여 《끝없는 사랑》을 보러 가고, 정윤희가 나오는 《가을비 우산 속에》는 봉천극장에서 봤다. 하지만 그냥 야한 것만 보기 위해서라면 청소년 관람가 영화들은 약간 시시했다. 이미 《엠마뉴엘 부인》도 봤는데.

애마부인
무릎과 무릎 사이

미성년자 관람불가 영화를 본격적으로 보기 시작하면서 야한 영화들의 목록이 하나둘 채워지기 시작했다. 실비아 크리스텔의 《개인교수》(1981), 킴 베이싱어의 《나인 하프 위크》(1986), 잘만 킹 감독의 《투 문 정션》(1988) 그리고 한국 영화 《애마부인》(1982), 《무릎과 무릎 사이》(1984), 《어우동》(1985), 《백구야 훨훨 날지 마라》(1982), 《매춘》(1988) 등등. 이 영화들이 야하기만 한 건 아니었다. 특히 당시의 한국 영화들은 나름 작가 정신을 가지고 만든 역작들이었다.

하지만 그 시절에 야한 영화들을 편하고 익숙하게 받아들이기란 쉽지 않았다. 대학 때 연극을 하던 후배가 여자친구와 함께 안암극장에서 《무릎과 무릎 사이》를 본 이야기를 들려줬다. 영화가 시작되면서부터 후배는 뭔가가 불쾌해서 보기가 싫어졌다. 여자친구를 돌아보자, 그녀는 영화에 빠져들어 있었다. “재미있어?” 그녀는 후배를 보지도 않고 그렇다고 답했다. 조금 더 보다가 후배는 다시 물었다. "정말 재미있어? 우리 나가자." 그녀는 돌아보지도 않고 답했다. "왜 그래? 좀 더 보자." 두어 번 더 물어본 후배는 더 보자는 답만을 들었다. 아무리 화면을 봐도 집중할 수 없고 짜증만 나던 후배는 벌떡 일어나 소리쳤다. "너는 저딴 게 재미있다는 거야?" 고래고래 소리를 질렀다. 창피한 여자친구는 일어나 나가버렸다. 극장 밖으로 나간 그들은 한참을 싸웠다. 후배는 나에게 물었다. 그 영화 봤냐고. 정말 쓰레기 같지 않냐고 덧붙였다. 이장호의 《바보 선언》을 너무나 좋아했던, 그래서 《별들의 고향》과 《바람 불어 좋은 날》과 《어둠의 자식들》도 지극히 아꼈던, 《무릎과 무릎 사이》와 《어우동》도 나름 좋아했던 나로서는 아무 말도 하지 않았다. 그래도 볼 만하지 않냐? 정도.

개인적으로는 야한 영화에 대한 편견이 전혀 없었다. 아름다운 여인을 보는 것이 뭐가 나쁜가. 고등학교 때 극장에서 봤던 영화 중에서 가장 야하다고 느낀 건 안드레이 콘찰로프스키의 《마리아스 러버》였다. 나스타샤 킨스키 때문이기도 하지만, 《마리아스 러버》에서 그녀는 《캣 피플》의 위험한 매력보다는 어딘가 순수한 섹스의 이미지였다. 풋풋한 소녀의 이미지가 아니라 말 그대로 섹스의 순수한 형태 같았다고나 할까. 사랑했던 연인이 전쟁에서 죽은 것으로 알고 있던 마리아는 다른 남자와 사랑을 나눈다. 그들은 연인이었다. 풀밭에서 벌이는 그들의 섹스는 청초하다.

하지만 연인이었던 이반이 돌아오게 되자 그녀는 바로 그에게 돌아간다. 정조를 지키지 않았다? 그런 사고방식은 존재하지 않는다. 그녀가 사랑하고 있는 것은 이반이고, 그가 없다고 생각하여 다른 남자를 만난 것이니까. 《마리아스 러버》의 마리아는 순수하다. 노골적으로 섹스를 원하고, 욕정에 못 이겨 다른 이와 섹스를 하건 말건 상관없다. 중요한 것은 사랑이니까. 아니 누군가를 사랑하고 있다는, 그를 원한다는 마음이니까. 하지만 포로수용소에서의 트라우마 때문에 이반은 마리아와 섹스를 하지 못하고, 그들의 사이는 꼬여만 간다. 마리아와 이반은 서로 어긋나며 반대 방향으로 간다. 하지만 결국은 사랑이 모든 것을 이긴다. 《마리아스 러버》의 결말을 그렇게 말해도 될까?

마리아스 러버
나인 하프 위크

한때 야한 영화의 대명사처럼 여겨졌던 《나인 하프 위크》의 엘리자베스는 퇴폐적인 매력을 가진 주식중개인 존을 만나 사랑에 빠진다. 존은 자극적인 게임을 원한다. 9와 2분의 1주 동안 그들은 위험하고 짜릿한 섹스를 한다. 존은 단지 게임을 원한다. 우리는 정말로 지루한 일상을 통과하고 있으며, 그렇기에 위험한 게임을 해야만 한다는 것이다. 하지만 엘리자베스는 그 이상을 원한다. 단지 게임이 아니라 두 사람이 교감을 나누고, 이해하고, 사랑을 이루는 곳으로 나아가기를 원한다.

《나인 하프 위크》를 《파리에서의 마지막 탱고》와 비교하면 흥미롭다. 《파리에서의 마지막 탱고》에서 이름도 모른 채 빈 아파트에서 만나 섹스를 하던 잔느와 폴. 그렇게 몇 차례 익명의 섹스를 나누던 폴은 문득 그녀의 이름을 묻는다. 그녀가 누구인지 알고 싶어 한다. 하지만 그녀는 원하지 않는다. 그가 누구인지도 알고 싶어 하지 않는다. 위험한 게임 안에서, 철저히 자신을 익명으로 내던지고 싶다. 구체적인 남자로서 다가오려는 그에게서 도망치려는 잔느는 폴을 칼로 찌른다. 그렇다면 《나인 하프 위크》의 엘리자베스는 보수적인 걸까? 모든 사랑에는 전면적인 교류가 필요하다고 생각하기에? 그럴 수도 있다. 하지만 개인차다. 엘리자베스는 존을 알고 싶다. 자극과 감각만으로 그를 만나는 것이 아니라 그의 모든 것을 알고 싶다. 다 알지는 못해도, 그 사람의 내면을 알고 싶다. 하지만 잔느는 원하지 않았다. 이미 그녀는 너무 많은 것을 그녀의 남자친구와 공유하고 있었으니까. 사회적 외피를 모두 드러냈기 때문에 지금 이곳에서는 다른 것을 원한다. 빈 공간에서, 모르는 남자와 섹스를 하는 자신은 내가 아니다. 아니 진정한 나일 수도 있다. 그게 뭐가 중요한가. 지금 여기서 섹스를 하고 있는 내가 존재하고 있는데. 그렇기에 이 순간을 파괴하는 모든 것은 거부한다. 엘리자베스와 잔느는 다만 원하는 것이 다를 뿐이다. 그들이 살아온 과정이, 그들이 쌓아온 모든 것이 지금을 규정한다. 섹스도, 사랑도.

하지만 가끔은, 운명처럼 다가온 무엇에 모든 것이 무너져 내리기도 한다. 중년이 된 나스타샤 킨스키와 다이안 레인이 각각 출연한《원 나잇 스탠드》와《언페이스풀》. 자신도 모르게, 아니 자신의 의사와는 상관없이 사랑에 빠지게 된 중년의 여인들이 있다. 나에게는, 청춘 시절 애정을 바쳤던 여인들이기에 더욱 애절했을지도 모르겠다. 세상에는 그런 것이 있다. 아니 인간이라고 해야 할까. 어느 순간 모든 것을 내던져버리고 바닥으로 추락하고픈 순간이.《데미지》를 보면서 생각했다. 아들의 연인을 사랑하게 된, 돈과 명예와 지위를 모두 가진 남자의 몰락. 저렇게 어리석은, 하지만 한편으로는 이해할 것만 같은 위험한 사랑. 그리고 소설『데미지』를 읽으면서 비로소 알게 되었다. 영화를 보면서는 잘 이해하지 못했다는 것을. 그 남자가 왜 아들의 연인을 사랑하면서, 마침내 모든 것을 포기하면서까지 빠져들었는지를 겨우 알게 되었다. 아니 어렴풋이 느끼게 되었다. 그건 직접 해보기 전까지는 결코 실감할 수 없는, 위험한 추락이니까.

흔히 사랑과 죽음에 대해 이야기한다. 공포를 이겨내기 위하여 사랑에 빠져든다고도 하고, 죽음의 순간을 대리 경험하기 위해 섹스에 탐닉한다고도 한다. 뭐든 좋다. 자신에게 절실하기만 하다면, 어떻게든 무엇에든 넘어가도 괜찮다. 그래서 지금은 자신 있게 말할 수 있다. 해보지 않는 것보다는 하는 게 낫다고. 하고 나서 엄청나게, 죽고 싶을 만큼 후회할지라도 가보는 게 낫다고 생각한다. 사랑도, 섹스도 피하는 것보다는 해보는 것이 낫다고 믿는다. 나이가 들면 망설이게 되니까. 그다음 어귀가 보이니까 굳이 가보지 않게 되는 경우가 많아지니까. 그래서 소설 『데미지』를 40대 중반에 읽었을 때 더욱 공감했다. 그 남자가 왜 빠져드는지 이해가 됐다. 그걸 알고 싶다면, 직접 소설을 읽어보기를 권한다. 직접 경험하는 것 말고는 도저히 이해할 수 없는 경우가 세상에는 있다. 어떤 작품들도 그렇다. 『데미지』도 그렇다.

"딸딸이" 내가 최초로 딸의 세계에 입문한 것은 초등학교 6학년 겨울방학 때였다.

평소처럼 뜨끈한 아랫목에 누워 만화책을 보고 있었는데, 갑자기 고추에 전기가 오르는 것이었다. 간지러워서 방바닥에 고추를 비비는데 야릇한 기분이 들었다. 그날밤 꿈에 예쁜 여자가 나왔다. 어린애였는지 성숙한 아가씨였는지 기억은 안나지만, 차갑고 부드러운 손으로 내 고추를 만져주었다. 다음날 아침 빤쓰에 끈적거리는 액체가 묻어 있었다.

그후 나는 매일밤 꿈을 꿨다. 정확히는 꿈을 만들었다. 길을 가던 중 구덩이에 빠졌는데 잠시후 여자애도 빠지면서 우린 좁은 구덩이안에서 몸을 비비다가 '찍!' 한다던가, 식인종 마을에 청순한 여자애와 함께 잡혀와 발가벗긴 다음, 둘이 하나로 꽁꽁 묶여서 '찍!' 하는 내용이었다. 몽롱한 상태에서 꿈을 만드는 것은 당시의 나에겐 무한대로 가능한 상상이었다. 꿈속에서 나는 한없이 자유로웠다. 초기 딸은 아주 찔끔 나왔다. 그래서 따로 휴지가 필요하지 않았다. 빤쓰에는 항상 누런 얼룩이 말라 있었지만...

딸의 세계에 빠져들면서 점점 다양한 방법으로 시도했다. 만화를 그려가면서 치는 것도 꽤 흥분이 되었다. 상상을 '시각화' 하는 것은 훨씬 실감이 났다. 「딸만화」는 대부분 '찍!' 하는 순간 미완성으로 끝났지만 다음날엔 새로운 기분으로 창작에 임하게 했던 마르지 않는 샘물이었다.~

딸 자위행위의 속어인 딸딸이의 준말. 1970년대는 잡지 등에서 영어 '마스터베이션'보다는 일어 '오나니'를 주로 쓰기도 했다. **빤쓰** 팬츠의 일본어. 6,70년대생들에겐 팬츠보다 빤쓰가 익숙한 생활단어였다. **딸만화** 보면서 자위행위를 할 수 있는 에로틱한 성인만화.

중학생때는 방과후 AFKN을 보는 것도 딸생활의 즐거움이었다. 어느날 오후4시쯤 스타트랙을 보고 있는데 남자주인공과 어떤 여자가 단둘이 있다가 갑자기 진한 키쓰를 하는 것이었다. 순간 나는 잽싸게 빤쓰에 손을 넣었다. 키쓰는 한 3초만에 끝나 버렸지만 상상의 장면을 직접 보면서 만지작 거린 것은 엄청난 흥분으로 다가왔다. 그 날이후 스타트랙을 볼때는 항상 손을 넣고 그 장면을 기다렸다. 0.1초라도 더 느끼기 위해서 였다.

독학으로 딸딸이를 배운 나로서는 중학교에 들어 가고 나서 다양한 세계가 있는 것을 알게 되었다. 쉬는 시간에 애들이 웅성거리길래 가 보았더니, 한 녀석이 딸을 치고 있는 것이었다. 녀석은 몰려든 아이들에게 꺼지라고 욕을 하면서도 한 손으론 계속 딸을 쳤다. 그때 나는 아래 위로 흔드는 녀석의 손놀림을 보았다. 뱅글뱅글 돌리기만 했던 내 딸에 비하면 녀석의 딸은 정통 프로페셔날이었다. 고추에 털이 나기 시작하면서 시도 때도 없이 깨어나는 본능은 청춘의 속삭임이기도 했다. 현실과 이상의 괴리로 잠 못드는 밤이 올때마다 나는 빤쓰에 손을 넣었고 내마음을 어루만졌다.

AFKN 1956년 첫 라디오방송을 시작한 주한미군방송으로 다음해 TV방송(채널2번)도 시작, 1975년에는 컬러방송도 개시했다. 주한미군을 대상으로 전쟁과 관련된 소식을 전하고 오락프로그램을 통해 심리안정과 사기저하를 막았다. 1996년 공중파 사용권이 환수되어 안방극장에서 사라졌다. **스타트랙** 1966년부터 제작방영한 미국 NBC의 공상과학 TV시리즈. 우주를 탐험하는 엔터프라이즈호의 이야기로 총 30개 시즌, 726편의 에피소드로 구성되었다.

에로영화, 핑크영화, 도색영화

1970~80년대 한국 에로영화의 흐름은 미묘했다. 《별들의 고향》, 《영자의 전성시대》, 《매춘》, 《백구야 훨훨 날지 마라》 등 호스티스와 창녀를 주인공으로 내세운 영화들이 인기를 끌면서 한편으로는 여성의 성적 자유를 나름 묘사한 《겨울 여자》, 《애마부인》 등도 있었다. 《뻐꾸기도 밤에 우는가》, 《앵무새 몸으로 울었다》, 《자녀목》, 《물레야 물레야》 등의 토속 에로영화도 있었다. 이 영화들을 그 시절에 좋아했던가. 사실 아니었다. 외국 영화가 훨씬 더 좋았다. 정윤희와 장미희, 유지인보다 나스타샤 킨스키와 실비아 크리스텔과 미셸 파이퍼에게 훨씬 더 끌렸다. 《매춘》과 《뻐꾸기도 밤에 우는가》보다 《나인 하프 위크》와 《엠마뉴엘 부인》이 더 좋았다.

비디오가 본격적으로 보급되면서 개봉하지 않고 비디오로만 나오는 에로영화들이 생겨났다. 《빨간 앵두》, 《야시장》 등등. 그리고 《젖소 부인 바람났네》로 에로영화 시장이 폭발하면서 클릭엔터테인먼트의 고품격 에로영화까지 이어졌다. 나는 그 영화들도 그리 좋아하지 않았다. 한국의 에로영화를 좋아하기보다는, 그냥 한국 영화를 좋아했다. 이장호의 《바보 선언》을 고등학교 2학년 때 보고는 정서적 충격을 받아 의식적으로 한국 영화를 보러 다니기도 했으니까. 70년대 한국 영화들을 재상영하는 곳을 찾아다니기도 했다.

한국 영화를 본격적으로 보기 시작한 후에도 에로영화는 외국 것이 더 재미있었다. 특히 일본의 에로영화들. 대학에 들어갈 때인 1980년대 중반에는 한 달에 한 편 정도 일본의 핑크영화를 볼 수 있었다. 동네 비디오 가게가 많아지면서는 그곳에서도 빌릴 수 있게 되었기 때문이다. 그냥 에로영화라고 생각해서 보게 되었지만 뭔가 달랐다.

그 시절에 본 일본의 핑크영화 중에서 기억에 남는 작품이 있다. 제목은 모르겠다. 함께 생활을 하는 선후배가 있다. 선배는 애인이 있다. 셋이 어울려 놀러가기도 하고, 술도 마시면서 친하게 지낸다. 하지만 그녀가 집으로 놀러오면 후배는 자리를 비켜줘야만 한다. 연인에게는 섹스가 필요했으니까. 두어 시간 밖에 나가 배회하거나 하릴없이 바다를 바라보던 후배는 사실 선배의 연인을 짝사랑하고 있었다. 어느 날, 후배는 나가는 척했다가 돌아와 그들이 섹스하는 모습을 엿본다. 그러고는 아무 일도 없었다는 듯이 돌아와 같이 논다. 어느 날, 선배의 애인이 오고 후배가 나가려고 하는데 그를 붙잡는다. 그리고 쓰리썸을 하기 시작한다. 뜨겁게 사랑을 나누는 세 사람.

에로영화였다. 약간은 변태적인, 그 시절로서는 정상이 아닌 형태의 사랑과 섹스라고 생각할 수밖에 없었던 기이한 상황을 보여주는 영화. 그런데 쓰리썸을 하고 난 다음 장면은 바다를 보고 있는 후배의 뒷모습이었다. 자전거를 타고 말없이 먼 바다를 바라본다. 그러다가 갑자기 달린다. 방파제 아래로 떨어진다. 설마 죽은 건가.

다음 장면은 선배와 연인이 꽃을 들고 무덤으로 향하고 있었다. 이게 뭔가 싶었다. 멍한 느낌이 있었고, 그러면서도 뭔가 멋지다는 느낌도 들었다.

후배는 선배의 연인을 짝사랑했고, 쓰리썸일지라도 그녀와 섹스를 할 수 있다는 사실에 끌려들었고, 하지만 그 선택의 결과로 잃어버렸다. 자신의 마음을. 어쩌면 그가 사랑했던 그녀를. 그가 사랑했던 그녀는, 쓰리썸으로 그를 받아들이는 여인이 아니었던 걸까. 아마도 온전하게 자신만을 사랑해주는 여인을 원했던 걸까. 그가 사랑하고 싶었던 여인은 순수함을 간직해야 한다고 믿었던 것일까. 혹은 그저 자신이 혐오스러웠던 것일까.

다방과 불법 비디오를 거쳐 핑크영화를 보게 된 매체는 위성 TV였다. 1990년대 들어 일본에서 위성방송이 시작되고, 첫 위성채널 방송국인 WOWOW(와우와우)가 생겼다. 아버지가 접시 안테나를 달고 일본 위성방송을 보시기 시작했다. WOWOW를 통해 일본 레슬링과 UFC도 봤고, 일본 영화도 보기 시작했다. 당시 WOWOW에서는 'J 무비 워즈(J-Movie Wars)'라는 프로젝트를 시작했다. 아직 감독 데뷔를 하지 못한 조연출이나 TV 감독 그리고 이미 데뷔했지만 빛을 못 봤거나 세월이 흐르면서 잊힌 감독들에게 60분 정도의 중편영화를 만들게 지원한 것이다. 그렇게 만들어진 영화로 나카타 히데오의 《여우령》과 최양일의 《달은 어디에 떠 있는가》가 있었다.

《달은 어디에 떠 있는가》는 다시 편집을 하여 극장판으로 개봉하기도 했다.

WOWOW를 통해 가끔 일본의 핑크영화를 보고, 다른 위성채널들을 통해서도 핑크영화를 본격적으로 보게 되었다. 일본의 핑크영화를 많이 접하게 되면서, 한 시대를 풍미했던 로망포르노의 존재를 알게 되었다. 1980년대 들어 비디오로 만들어진 에로영화가 중심이었던 국내와는 달리 일본의 핑크영화는 비디오 시대가 개막한 후에도 꾸준히 극장에서 상영을 해왔다. 과거 일본에서는 도에이, 도호, 쇼치쿠 등 메이저 영화사가 자신들의 영화를 모두 상영하는 조건으로 극장과 계약을 했다. 도호계 극장에서는 도호 영화만을, 도에이계 극장에서는 도에이 영화만을 상영하는 것이었다.

작은 극장들은 메이저 영화사와 계약할 만한 조건이 안 되었기 때문에 독립 프로덕션의 영화 위주로 상영하게 되었고, '에로덕션'이라고 불리는 핑크영화 제작사의 영화만을 전문적으로 상영하는 극장도 생기게 되었다. 60년대의 핑크영화는 제작비 350만엔, 촬영일수는 3일에서 5일 정도로 만드는 초 저예산영화였다. 70년대 들어 메이저 영화사 니카츠가 핑크영화에 진출하여 만들어낸 로망포르노는 그보다 2~3배 정도의 제작비를 투여했지만, 지금 만들어지는 핑크영화도 대개 1천만엔 정도라고 한다.

한때 소규모 영화관에서 핑크영화는 대단한 인기였고 65년에는 전체 영화의 45% 정도를 차지할 정도로 성황을 이루었다. 양이 늘어나면 질도 좋아지기 마련이다. 아니 좋은 감독과 영화가 탄생하기 마련이다. 《검은 눈》(1965)에서 일본을 미국에 강간당한 여자로 비유했던 다케치 데스지, 1965년 베를린 영화제에 출품된 《벽속의 비사》를 만든 와카마쓰 고지, 일본 서민층을 배경으로 희극영화 《대색마》를 만든 야마모토 신야 등은 기성 감독 이상으로 높은 평가를 받았다. 고도경제성장 아래 가려진 하층민의 욕구 불만을 성적인 묘사를 통해 폭로했던 와카마쓰 고지는 60년대 후반부터 적군파이기도 한 시나리오 작가 아다치 마사오와 함께 《태아가 밀렵될 때》, 《천사의 황홀》 등의 문제작을 만들어 핑크영화의 신화가 되었다.

1970년대 활동한 일본의 좌파 테러단체

그리고 로망포르노가 시작되었다. TV의 등장으로 휘청했던 니카츠 영화사는 70년대 들어 도산 위기에 이르렀다. 1971년 니카츠는 전속이었던 유명 감독과 배우를 거의 포기하고 영화 제작도 중단 상태에 이른다. 실질적인 파산이었다. 니카츠는 돌파구를 '에로' 영화에서 찾았다. 60년대에 성행한 싸구려 핑크영화보다 3~4배의 제작비를 들이고, 니카츠의 우수한 스태프와 촬영기기, 세트를 이용하여 고품격 에로영화를 만들겠다는 전략이었다. 니카츠는 노동조합의 지원을 받아 브랜드 이름을 '로망포르노'로 내걸고 제작에 들어갔다. 이미 명성을 얻은 기성 감독 다수는 에로영화가 저급하다며 연출을 거부했고, 스태프들도 가명으로 참여하는 경우가 많았다. 자연스럽게 조감독이나 시나리오 작가 등 젊은 인재들이 빠르게 감독의 길로 들어서게 되었고, 니카츠는 메이저 중에서는 유일하게 저예산이지만 1주에 한 편꼴의 대량생산체제를 유지했다.

메이저에서 기회를 잡지 못한 감독들이 섹스영화로 첫 출발을 하는 것은 어느 나라건 일반적인 일이지만, 70년대 이후 일본은 감독 지망생뿐만 아니라 급진주의자, 무정부주의자, 아방가르드까지 무더기로 핑크영화에 몰려들었다. 좌파운동의 몰락과 함께 성의 정치적 의미에 눈을 돌린 것은 유럽과 마찬가지지만 일본은 특히 심했다. 70년대 초에는 포르노 소설, 영화, 만화를 만들던 회사에 반드시라고 할 만큼 좌파운동의 생존자가 1명씩은 있었다고 한다. 비록 패배했지만 기존 체계에는 동화되지 않겠다는 신념이 있었고, 어차피 받아주지도 않았기 때문에 비주류인 성인물 시장으로 뛰어들었다고나 할까. 기성 사회의 상식과 질서에 반감과 회의를 가졌던 이들이 지배체제에 대한 저항의 도구로 성을 선택한 것은 일견 당연했다.

영화평론가이며 문화청 공무원이기도 했던 데라와키 겐은 "야쿠자영화, SF, 시대극 등 다른 장르도 많았으나 동시대 젊은이들의 삶을 그대로 포착한 장르는 로망포르노와 청춘영화였다"고 말했다. 로망포르노가 당대의 정신에 밀착했던 이유는 그만큼 자유로웠기 때문도 있다. 핑크영화도 그랬고, 로망포르노도 젊은 감독과 작가에게 일을 맡기면서 한 가지 조건만 내걸었다. 10분에 한 번씩 섹스나 야한 장면을 넣는다면 어떤 이야기, 어떤 장면도 넣을 수 있다고. 그래서 섹스가 있는 멜로드라마, 정치영화, 청춘영화, 스릴러, 호러, 시대극 등 온갖 영화가 만들어졌다. 섹스가 있으니 핑크영화이지만, 섹스가 있을 뿐 전혀 다른 이야기를 자신의 방식으로 풀어내는 영화들.

로망포르노는 핑크영화를 주류로 끌어 올린 중요한 사건이었다. 1972년 구마시로 다쓰미의 데뷔작인 《이치조 사유리의 젖은 욕정》은 성인 영화 최초로 영화잡지 등에서 뽑는 '베스트 10'에 오르며 화제를 모았다. 로망포르노의 등장은 핑크영화의 상식적인 개념을 바꿔놓았다. 핑크영화가 저급하거나 지루하고 식상하다는 편견은 '에로'영화의 내용과 형식을 변화시킨 로망포르노에 의해 가능했다. 성을 중심에 놓고 인간과 사회, 역사와 우주까지 신랄하고 집요하게 파고든 로망포르노는 많은 거장과 걸작을 탄생시켰다. 그리고 젊은 감독들이 핑크영화로 데뷔한 이래 일본 영화의 중견으로 성장했다. 《실락원》의 모리타 요시미쓰, 《사랑의 신세계》의 다카하시 반메이, 《태풍 클럽》의 소마이 신지, 《벚꽃 동산》의 나카하라 슌, 《가메라》의 가네코 슈스케, 《쉘 위 댄스》의 수오 마사유키 등이 그들이다.

로망포르노의 대표적인 작가로는 구마시로 다쓰미와 다나카 노보루를 꼽는다. 구마시로 다쓰미의 《이치조 사유리의 젖은 욕정》은 오사카에서 은퇴 공연을 벌이다가 외설죄로 체포된 스트리퍼 이치조 사유리의 이야기다. 거리 장면과 '뉴스 릴'(당대에 일어나는 주요 사건들을 필름에 담는 기록 영화) 등을 이용하여 환락의 세계를 일상의 세계와 병렬시키고 관음증을 탈색시키는 연출이 돋보인다. 화류계 여성에게 연정을 드러내는 구마시로 다쓰미는 후기작 《은밀한 게이샤의 세계》 등에서 게이샤, 창녀의 생활을 부드럽고 희극적으로 묘사하여 에도시대 춘화의 건강한 전통을 계승한 모습을 보여주었다. 로테르담 영화제에서 구마시로 다쓰미 회고전이 열리는 등 그가 주목받은 것은 기독교 전통이 강한 서구가 섹스에 대해 억압적인 태도를 취한 것에 비하여 푸근하고 일상적인 모습을 보여주었기 때문이라고도 평가된다. 바로크 스타일의 다나카 노보루는 《실록 아베 사다》(1975), 《유부녀 집단폭행치사사건》(1987) 등의 걸작을 만들었다. 섹스와 살인의 공통분모를 탐구했던 노보루는 《실록 아베 사다》의 의도를 '죽음에 이를 때까지의 생의 고양'이라는 조르주 바타유의 말을 빌려 설명했다.

이치조 사유리의 젖은 욕정
실록 아베 사다

비디오가 보편화되기 시작한 80년대에는 핑크영화 대신 AV가 폭발적인 인기를 끌었다. 이야기가 지배하는 핑크영화 대신 여성의 몸과 이미지가 모든 것을 압도하는 AV가 남성들의 시선을 뺏은 것이다. 하지만 비디오 시장의 확대로 메이저 영화사의 자회사와 독립 프로덕션이 개봉하지 않고 비디오로 직행하는 'V시네마'를 만들게 되고, V시네마의 한 장르로서 핑크영화는 유지될 수 있었다. 동시에 AV의 범람은 핑크영화의 다양한 발전을 촉구하는 계기가 되었다. 어차피 보여주는 것으로는 AV를 당할 수 없다. 핑크영화는 그냥 보여주는 것이 아니라, 어떻게 육체와 섹스를 보여주고 관객을 하나의 세계로 끌어들여 감정을 공유하게 할 수 있을지 고민했다. 그리고 남성과 마찬가지로 성에 대해 관심을 가지고 욕망하는 여성을 위한 핑크영화도 하나의 흐름으로 시작되었다. 1980년대 이후 데뷔한 핑크영화 감독들 중 《격애! 로리타밀렵》(1985)의 사토 히사야스, 《짐승 짐승》(1989)의 사토 도시키, 《과외수업·폭행》(1989)의 제제 다카히사, 《감금·외설스런 전희》(1989)의 사노 가즈히로가 핑크영화 4대 천왕으로 주목받았다.

일본의 핑크영화는 재미있었다. 일종의 엿보기로서의 핑크영화도 좋고, 뭔가 사회적 의미를 끌어내는 것도 좋았다. 고등학교 때부터 본 핑크영화 때문인지 서양의 에로영화들은 그다지 좋아하지 않았다. 아니 《엠마뉴엘 부인》과 《파리에서의 마지막 탱고》를 필두로 《나인 하프 위크》, 《원초적 본능》, 《비터문》, 《크래시》 등 에로틱한 영화들은 다 좋아했지만 서양 에로영화의 거장이라 할 틴토 브라스와 잘만 킹의 영화들은 그저 그랬다. 틴토 브라스의 엉덩이 페티시에도 별 관심이 없었고.

일본의 로망포르노, 핑크영화는 야하면서도 어딘가 안타깝고 쓸쓸했다. 구마시로 다쓰미가 만든 '젖었다' 시리즈의 1편인 《방황하는 연인들》(1973)은 청춘영화다. 한적한 어촌에서, 이름도 버리고 과거와 미래도 잊은 채 영화관의 필름을 나르는 청년. 그 청년을 사랑하는 여인. 한 시대가 끝났다는 것을 깨달았지만 도무지 어디로 가야 하는지를 알 수 없는 청춘. 섹스는 아름다울 수도 있고 잔인할 수도 있지만, 지금 무엇도 확신할 수 없는 그들에게 감각만은 분명하게 실재한다. 바다 앞 모래 위에서 하나씩 옷을 벗고 뛰어노는 그들을 보고 있으면 숨이 조여드는 것 같고 마침내 슬퍼진다.

좋아하는 핑크영화 감독을 꼽는다면 우선 이시이 다카시가 있다. 한국에서는 《꽃과 뱀》의 감독으로 알려져 있는데, 단 오니로쿠의 소설을 각색한 수작이긴 하지만 그의 대표작은 아니다. 이시이 다카시는 70년대 관능극화의 최고 인기 작가였다. 처음에는 영화감독이 되고 싶어 연출부에 들어갔지만, 당시 일본 영화계가 최악의 상황이라 생계를 유지할 수 없었다. 이시이 다카시는 혼자 돈을 벌 수 있는 만화가가 되었고 폭력과 섹스를 전면에 다룬 『검은 천사』, 『붉은 섬광』 등 독특한 만화로 폭발적인 인기를 끌었다. 이시이 다카시가 그려내는 인물들은 하나같이 자기 파괴의 욕망에 시달리며 죽음의 징조를 보인다. 그리고 폭력적인 관계로 얽혀 있다. 이시이 다카시의 만화는 사회의 질서와 규범에 정면으로 도전하는 도발적인 작품이었다. 그 덕에 검열에 걸려 잡지가 정간을 당하고 복간하면 다시 내고, 재판정에서 치열하게 싸우기도 했다.

만화가로 명성을 얻은 이시이 다카시는 드디어 니카츠 로망포르노에 원작과 각본을 제공하기 시작했다. 이시이 다카시의 만화를 원작으로 '천사의 내장' 시리즈가 만들어지고 다나카 노보루, 소마이 신지, 다키다 요지로 등 유명한 감독들과도 작업한다. 1988년 니카츠 로망포르노가 막을 내리기 직전 이시이 다카시는《천사의 내장: 붉은 현기증》으로 감독 데뷔를 한다. 만화와 마찬가지로 에로틱하고 폭력적이며, 묵시록적인 암울한 분위기가 화면을 장악한다.《죽어도 좋아》,《누드의 밤》,《고닌》,《검은 천사》,《프리즈 미》등을 연출한 이시이 다카시는 폭력과 섹스를 통해 인간을 그린다.

천사의 내장

고닌

"내 영화는 포르노가 아니다. 그것은 단지 남녀의 관계이고 의사소통일 뿐이다. 그리고 일본의 남과 여 사이에 존재하는 희망 없는 간극에 관한 이야기다. 그것을 묘사하기 위하여 나는 섹스를 사용한다. 섹스는 현대적 관계의 거울이기 때문이다." 이시이 다카시의 여성 캐릭터들은 주로 악몽 같은 관계에 연루되어 자살하거나 살해당하거나 강간당한다. 남자들의 폭력에 희생당한다. 여성 학대라는 비판도 받지만, 그의 만화에는 그녀들에 대한 애정이 담겨 있다. "내 영화가 너무 잔인하고, 여성에 대한 폭력이 많다는 이야기를 들었다. 그러나 내가 보기에 폭력, 마약, 섹스는 현실의 부분이다. 나는 여성이 어떻게 남성의 폭력에 노출되는가를 묘사한다. 나는 그 속에서 구원을 찾는 것이다."

이시이 다카시가 시나리오를 쓰고 《세라복과 기관총》, 《태풍 클럽》의 소마이 신지가 연출한 《러브호텔》은 그가 말하는 폭력과 구원의 회오리를 잘 보여주는 영화다. 경영하던 회사가 도산하고 부인까지 야쿠자에게 범해진 무라키는 자살을 결심하고 마지막으로 러브호텔에서 콜걸 '나미'를 부른다. 폭력적으로 나미를 대하던 무라키는 어느 순간 그녀의 관능, 살아 있음의 표식에 매혹된다. 그리고 도망쳐버린다. 죽지 않고 택시 운전수로 일하던 무라키는 2년 후 다시 나미를 만난다. 이시이 다카시의 각본은 비정한 세계에서 파괴된 남과 여를 극단적으로 그려낸다. 소마이 신지 특유의 느린 화면이 독특한 리듬감으로 관객을 취하게 만든다. 교차하는 두 여인이 가파른 계단의 위와 아래에서 뒤돌아보고, 벚꽃이 휘날리는 마지막 '원 씬 원 커트'는 지극히 아름답다. 그 위로 80년대 최고의 스타인 야마구치 모모에가 부른 노래 「밤으로」가 흐른다.

아마도 취향이다. 일본 대중문화를 좋아하는 이유도, 에로영화도 서양보다는 핑크영화에 더 끌린 것이다. '센티멘탈 새디즘'이라는 말도 있듯이, 일본 핑크영화는 지극히 폭력적이면서도 감상적인 면이 있다. 그런 점에 끌린 것도 있고 반대로 건조하게 무심하게 흐르는 정서에 끌리기도 한다. 분명한 것은 일본의 핑크영화가 대단히 왕성하게 가지를 뻗으며 성장해왔고 독특한 지점을 형성했다는 것이다. 나는 그 다양한, 지극히 뒤틀린 정서와 행동까지 허용하는 영화들이 좋다. 그것이야말로 이 세상의 극단이니까. 바닥을 알지 못하면 다른 것도 제대로 볼 수 없는 것이니까. 섹스는 인간의 바닥을 보여줄 수 있는 노골적인 영역이니까.

禁(금)딸

중3때 교회 다니는 친구에게 끌려가 처음으로 종교생활을 시작했다. 예배시간은 공부 못지 않게 지루했지만 의외로 내 취향의 여학생들이 많았다. 종교에 귀의한 순수한 사랑을 꿈꾸며 여학생들이 많이 모여있는 성가대 활동을 시작했다. 그러나 내성적인 성격탓으로 눈을 마주치는 것도 힘들었다. 말 한마디라도 건네고 싶었지만 숨이 막혔다. 게다가 이것들이 지네끼리만 몰려다니는 것이었다. 귀공자 같은 내 외모가 부담스러운 것이었을까? 나랑 사귀고 싶은데 주님께서

허락치 않는 것일까? 나는 스스로를 위로하며 애처롭게 교회를 다녔다. 그러던 어느날 마침내 용기를 내어 한 여학생에게 말을 걸었다. "저기.. 저랑 영화보러 가지 않...을래..요?" 그러자 그녀는 찌그러진 웃음을 지으면서 '별놈 다보겠네' 하는 표정으로 지나가는 것이었다. 그날 밤 일기장은 눈물바다였다. 애꿎은 주님에게 매달려 죽을 죄를 지었느니, 회계한다는 둥, 죄를 사해주십사 다시는 여학생 생각을 안하겠다며 구원을 해달라고 몸부림쳤다. 그리고 그날이후 즐겨 치던

딸딸이를 과감히 끊었다. 이성에 대한 욕망을 버리고 회계하는 의미였다. 즐겨 보던 선데이서울과 여성지를 멀리하고, 아우렐리우스의 '명상록'이나 '휴거'같은 영혼의 책을 읽었다. 이성교제의 미련을 버리자 그렇게 마음이 홀가분할수가 없었다. 종교생활에도 몰입 했다. 특히 '심령대부흥회'가 열리면 눈물을 쥐어 짜내 주님을 찾았다. 금딸한지 일년쯤 지났을까? 누나가 처음보는 잡지책을 보는 것이었다. 기존 여성지가 아줌마들이 보는 잡지였다면 미혼의 젊은 여성들을 위한 잡지였다. 제목은 '영 레이디' 청바지를 입은 상큼한 아가씨가 귀여운 모습으로 등장한 표지는 바로 딱 내가 원하던 바였다. 속옷 광고도 훨씬 세련되고 모델들 또한 맘에 들었다. 나는 도저히 참을 수 없어 바지를 내렸다. 똘똘이와의 일년여만의 만남, 두뺨이 상기되고 천국의 문이 열리는 순간, 띵동!! 누나가 집에 온 것이었다. "아 씨발! 몰라잉~"

1981년 창간한 미혼여성지로 중앙일보사에서 발행했다. '생동하는 젊음, 행동하는 개성'이란 캐치프레이즈로 10대부터 20대까지의 여성 독자를 대상으로 했다.

본격 포르노 탐구

비디오가 문제였다. 아니 비디오가 있어서 좋았다. 청계천에서 포르노잡지를 사보기는 했으니까, 이번에는 다른 것을 달라고 하는 것으로 충분했다. 비디오 주세요, 라는 말. 게다가 교환도 해줬다. 처음에 살 때는 비쌌고, 교환을 하면 그보다는 쌌다.

동네 비디오 가게에서 불법 비디오를 취급하던 시절이 있었다. 신뢰 관계가 쌓인 비디오 가게이니 엉뚱한 것을 줄 리가 없었다. 그런 곳에서 포르노비디오를 빌려봤다. 그렇게나 유명했던 린다 러브레이스의 《목구멍 깊숙이》도 봤고, 그 시절의 걸작이었던 '타부' 시리즈도 봤다. 당시 최고의 스타였던 마릴린 챔버스의 포르노도 봤고. 그 시절에는 일본 대중문화가 금지되어 있었으니 대부분의 이상형은 미국 문화에 있었다. 포르노도 일단은 미국 것이었다. 별다른 지식이 있을 리는 없고 잡지에 나오는 여인이 출연하는 포르노비디오를 구해 보면 대단히 친숙한 느낌이 들고 하는 정도였다. 그 시절 미국 포르노는 지금처럼 무지막지하게 섹스를 전시하는 기분은 아니었던 것 같다. 나름 스토리도 있었고. 다만 그때에도 서양인들의 섹스는 격한 스포츠 같다는 느낌이 있었다. 영화에서 보는 러브씬, 베드씬과는 다르게 포르노의 섹스씬은 동물적이라고나 할까. 당연하다는 생각이 들기도 하면서 약간의 거리감도 분명 있었다. 대학에 들어가 처음 했던 섹스도, 그런 느낌과는 많이 달랐으니까.

80년대 들어 포르노 비디오를 보기 시작한 것이니, 미국에서는 포르노의 황금기가 비디오 시장으로 넘어오던 시점이었다. 미국의 포르노는 1972년 《목구멍 깊숙이》가 나오기 이전과 이후가 천지 차이였다. 이전에는 포르노영화 대부분을 16밀리로 찍었고, 남자들만이 들어가는 허름한 변두리의 극장에서 상영했다. 도심의 우범지역이나. 하지만 《목구멍 깊숙이》는 그야말로 선풍적인 인기를 끌었다. <뉴욕타임스>에서 처음으로 포르노영화의 리뷰를 실었고, 타임 스퀘어의 일반 극장에서 상영되었으며, 무려 6억 달러의 수익을 올렸다. 극장에는 남자들만이 아니라 데이트하는 커플도 함께 보러 갔다. 난데없이 포르노가 주류에 진입해버린 것이었다.

목구멍 깊숙이
러브레이스

당시의 이야기는 아만다 사이프리드가 러브레이스 역을 연기한 영화 《러브레이스》를 통해 조금 들여다볼 수 있다. 1970년 21세의 린다는 척 트레이너라는 남자와 결혼한다. 급하게 돈이 필요한

척은 린다에게 포르노영화에 출연할 것을 권유했고, 어쩔 수 없이 출연한 린다는 블로우잡에 재능이 있다는 것을 알게 된다. 정확하게 말하면 포르노 제작자가 간파했고, 러브레이스라는 예명을 지어주고 그녀를 출연시켜 《목구멍 깊숙이》를 만들었다. 제목인 'Deep Throat'는 일반적인 블로우잡보다 더 목구멍 깊숙하게 남자의 성기를 빨아들이는 것을 말한다. 일본 AV에서는 이라마치오라고도 부른다. 영화의 초반, <플레이보이>의 휴 헤프너가 주최한 특별 시사회의 무대에 오른 화려한 모습의 린다 러브레이스를 보면 모든 것이 행복한 성공담일 것만 같다.

하지만 이후의 스토리는 급변한다. 6년 뒤에 린다는 자서전을 쓰고, 자서전의 내용이 진실인지 거짓말 테스트까지 받는다. 척은 강제로 린다를 포르노영화에 출연시켰고, 거부하면 폭력을 휘둘렀다. 그녀에게는 선택권이 없었다. 사람들은 린다가 포르노영화의 스타이기 때문에 헤프고 제멋대로인 여자라고 생각했다. 그녀는 돌아갈 곳도 없었다. 어머니에게 호소하지만 독실한 가톨릭인 그녀는 남편에게 돌아가서 이겨내라고만 말한다. 자신도 힘든 시절을 경험했으니까 참고 견디라고. 그런 시대였다. 68혁명이 먼지처럼 날아가 버리고 프리섹스와 명상의 시대가 되었지만 사람들의 생각은 이전과 다름없었다. 사회의 시스템도, 사람들의 편견도 변하지 않았다.

《러브레이스》는 자신이 원치 않았던 자리에 스타로 있었던 여인의 비극을 이야기한다. 그녀가 나왔던 《목구멍 깊숙이》는 당대의 문화적 지형에 엄청난 충격을 던졌고, 포르노를 비롯한 천대받던 하위문화에 관심과 기대도 불러일으켰다. 린다 러브레이스는 그런 여파에 아무런 관심이 없었고 동참할 생각도 없었다. 개인으로서의 린다와 사회적 아이콘으로서의 러브레이스가 충돌하는 지점은 무척이나 흥미롭다. 그러나 《러브레이스》는 당시 《목구멍 깊숙이》를 둘러싼 대중문화적 풍경이 아니라 린다가 어떻게 자기 모습을 되찾게 되는지 혹독한 과정을 통해서 이야기한다. 그런 지점이 드러나지 않는다고 영화에 대해서 시비를 걸 생각은 없다. 《러브레이스》가 보여주려는 것은 그녀의 삶이었으니까. 타인의 폭력에 의해 뒤틀리고 파괴된 삶.

《목구멍 깊숙이》는 섹스를 사람들의 눈앞에 바로 보이게 던져놓았고, 공식 석상이나 저녁 만찬에서도 이야기할 수 있는 주제로 만들었다. 그리고 포르노는 주말에 연인과 부부가 함께 볼 수 있는 영화가 되었다. 당대의 기묘한 풍경은 폴 토마스 앤더슨의 《부기 나이트》를 보면 짐작할 수 있다. 1977년, 고등학교를 중퇴하고 접시닦이를 하고 있는 에디 아담스에게는 길이 13인치(33cm)의 성기가 있었다. 포르노영화 감독 잭 호너는 에디의 재능을 한눈에 알아보고 덕 디글러로 이름을 바꾼 그를 스타로 만들어준다. 당시의 포르노 산업은 필름으로 찍어 극장에서 상영하는 방식이었고, 잭 호너를 비롯한 제작자와 감독들은 관객이 찬사를 보낼 만한 뛰어난 포르노영화를 만들 수 있다고 믿었다. 《부기 나이트》에는 덕 디글러가 액션 연기를 하는 포르노영화를 찍는 장면이 나온다. 정말이었다. 《목구멍 깊숙이》가 나온 후 사람들은 생각했다. 조금만 시간이 흐르면 일반 영화에서 베드씬이 나올 때 진짜로 섹스를 할 것이라고. 일반 영화와 포르노의 경계는 사라질 것이라고. 이를테면 틴토 브라스가 연출했던 《칼리귤라》(1979)가 그랬듯이.

그럴만한 시대였다. 이안 감독의 《아이스 스톰》의 시대 배경은 1973년이다. 교외에 모여 사는 중산층 부부들은 주말이면 모여서 파티를 한다. 파티의 끝은 항상 스와핑이다. 모두 자동차 키를 박스에 넣고 여자가 하나를 꺼내면 차의 주인인 남자와 섹스를 하는 것이다. 68혁명을 원했던 젊은이들은 모든 것을 바꾸고 싶어 했다. 현재의 세상이 잘못되었고 근본부터 바꾸기를 원했다. 사회체제만이 아니라 가족과 섹스 같은 내밀한 개인의 도덕과 윤리도 바꾸려 했다. 히피 공동체를 만들고, 프리섹스를 주장하기도 했다. 하지만 모든 시도가 실패로 돌아가고 방향을 잃었다. 길을 잃은 사람들이 쉽게 빠지는 함정은 광신과 방종이다. 정신에 대한 추구는 명상과 요가로 빠지거나 극단적인 악마주의로 빠져들었다. 방황하는 보통 사람들은 섹스를 추구했다. 현실을 잊어버리기에 그만한 것이 또 있을까.

부기 나이트
아이스 스톰

베르나르도 베루톨루치의 《파리에서의 마지막 탱고》(1972), 릴리아나 카바니의 《나이트 포터》(1974), 피에르 파울로 파졸리니의 《살로 소돔의 120일》(1975) 등은 당대의 사회를 섹스를 통해서 바라보았던 영화들이다. 개인의 가장 사적인 영역인 섹스가 어떻게 체제에 지배당하는지, 가장 은밀한 것들이 어떤 방식으로 사회에 영향을 받고 왜곡되는지를 보여준다. 그렇게 생각하면 60년대를 하루빨리 잊어버리고 싶었던 1970년대가 프리섹스와 범죄로 치달았던 것은 이해가 된다. 그런 점에서 《악마의 씨》를 만들었던 로만 폴란스키 감독의 집에 침입하여 부인인 배우 샤론 테이트를 살해한 맨슨 패밀리의 악행은 1960년대가 어떻게 몰락했고 화려한 에너지가 사방으로 분출되는 1970년대로 넘어갔는지를 상징하는 사건이었다. 다음으로는 번들거리는 1980년대의 보수주의가 득세하고.

당시에는 포르노영화가 일반 영화와 차이가 없어질 것이라고 믿었지만, 불가능했다. 섹스는 여전히 감추고 싶은 일상이었고, 자신의 성적 기호를 드러내는 것은 지금도 쉽지 않은 세상이다. 극장이 아니라 집에서 포르노를 볼 수 있는 비디오가 보급되면서 포르노 시장은 변화하게 되었다. 극장에서 보는 블록버스터가 아니라 집에서 혼자 혹은 연인과 보는 포르노로 자리 잡은 것이다. 다시 세상이 바뀌어 비디오와 DVD를 사거나 빌려보는 것이 아니라 인터넷으로 다운로드나 스트리밍으로 보는 VOD가 주류가 되었다. 그래도 내용이 크게 변하지는 않았다. 작가주의도 있고, 영화를 패러디하는 나름 블록버스터도 있고, X-Art처럼 고급스러운 느낌의 포르노도 있

예술성을 지향하는 포르노

다. 변태성욕을 다룬 것들도 당연히 있고.

개인적으로 서양의 포르노는 시들해졌다. 단순하게 섹스의 광경을 보는 것으로는 볼 이유가 없다. 어느 정도 이야기에 몰입되거나 배우에게 끌려야 하는데, 쉽지가 않다. 게다가 나는 영화와 드라마를 볼 때에도 캐릭터에 끌리고 공감하면서 좋아하는 경우가 많다. 그냥 배우의 얼굴과 몸만을 보고 빠지는 경우는 없었다. 나스타샤 킨스키 역시《캣 피플》의 스틸이 아니었다면 확 빠지지는 못했을 것이다. 무엇보다 나는 금발의 백인보다는 흑발의 동양 여인에 더 끌린다. 취향이다. 아주 육감적인 글래머보다 슬렌더 체형에 끌리는 편이고. 그러다 보니 서양의 포르노는 거의 안 보게 되었다. 가끔 요즘 서양 포르노는 어떤가 확인하기 위해서 보는 정도. 그리고 언제나 결론은 같다. 포르노는 변하지 않는다. 아마도 매체가 근본적으로 변하지 않는 한 이대로 갈 것이다.

돌아온 딸딸이

어둡고 길었던 '금딸시대'가 막을 내리자 다시금 딸딸이의 세계가 활짝 열렸다. 막혔던 변기가 뻥 뚫린 것처럼 욕망은 끊임없이 쏟아져 나왔다. 자료수집도 보다 적극적으로 임했다. 헌책방에 들려 태연하게 여성지를 사왔고 화장품점에서 나눠주는 무가지도 받아왔다. 번화가의 외국서점에 들려 포르노 잡지도 구입했다. 속으론 무척이나 창피했지만, 딸을 향한 욕망은 용기를 주었다. '영레이디'에 이어 누나는 딸자료의 영원한 공급책이었다. 짠순이었던 누나는 용돈을 모으고 모아 명동 수입서점에 가서 일본 잡지를 사다 보는게 큰 낙이었다. '스크린'이나 '로드쇼' 같은 일본영화잡지를 매달 사모으고 책상서랍에 숨긴후 애지중지했다. 누나가 언제 들이닥칠지 모르는 상황에서 몰래 꺼내보는 순간은 스릴이 넘쳤다. 특히 '로드쇼'는 야한 장면이 많이 나왔다. '피비 케이츠'나 '나타샤 킨스키'의 상반신 누드도 나와 기절초풍하기도 했다. 어느 달은 여배우 누드특집으로 수십명의 일본여배우들이 등장, 한동안은 풍족하게 딸딸이를 즐겼다. 당대 최고의 인기스타 '소피 마르소'의 젖가슴이 실렸을 때는 딸딸이의 황금시대였다. 그시절

로드쇼, 1983년 1월호, 1973년 창간

서양 유명스타의 화보를 중심으로 편집, 1980년대 전성기를 보냈다. 2008년 폐간.

문방구에서 만년필을 사면 서비스로 주는 시간표도 남달랐다. 평소 좋아하던 광고모델이 야릇하게 만년필을 쥐고 앉아있는 시간표로 마음을 쏙 빼가는 마력이 있었다.

1979년에 나눠준 파이로트만년필 홍보카드.
뒷면에 달력이 나와 있다.

수영복회사의 탁상용 달력도 히트아이템이었다. 12장의 달력을 매달 바꿔끼면서 모델들을 보는 재미가 쏠쏠했다. 80년대 중반 비디오가 등장하면서 동영상의 시대가 열렸다. 움직이는 화면을 보면서 딸을 치는 것은 대혁명이었다. 게다가 청각효과가 더 해지니 흥분은 두배가 되었다. 동네 비디오 가게의 베스트셀러인 '엠마뉴엘 부인'의 복사판 비디오를 알게 된 것도 큰 행운이었다. 주인공 '실비아 크리스탈'은 정말이지 너무나 매혹적이었다. 그후 정통포르노 테입도 빌려 봤지만 스토리가 없는 구성은 지루하기만 했다. 서양의 전문배우들은 내겐 너무나 높은 곳에 있었다. 대신 일본의 성인비디오는 친근한 여배우와 평범한 사내가 등장, 이야기를 풀어 갔으므로 훨씬 흥분이 되었다. 그러나 구하기가 매우 어려운 단점이 있었다. 딸딸이를 칠 때도 로션이나 '베이비오일'을 바르기도 했다. 어떤 녀석은 손목을 눌러 피가 안통하게 한다음 해보라고 권하기도 했다. 아무도 내게 관심없던 시절, 나는 그렇게 스스로를 달랬다.

어른의 비디오를 보다

처음으로 일본 AV를 본 것은 언제였을까. 잘 기억나지 않는다. 핑크 영화와 불법으로 만들어진 '우라 비디오'와 AV가 기억 속에서 정확하게 구분되지 않는다. 일본 AV는 청계천에서 구해본 것이 아니라 동네 비디오 가게에서 빌려주던 것들이었다. 재미있는 거 있어요? 비디오 가게에 다른 손님이 없을 때 슬쩍 물어보면 안쪽에 있는 방 어딘가에서, 아무도 빌려보지 않을 비디오장 아래의 싸구려 영화 케이스에서 슬쩍 꺼내주던 비디오. 서양 것도 있었고, 가끔은 일본 것도 있었다. 제목도 모르고, 내용도 모르고 그저 보기만 했던 동서양의 포르노들이었다.

성기 노출이 금지된 합법적인 AV가 아니라 불법으로 성기를 노출하는 포르노

그러다가 일본 AV 중에서 눈에 확 들어오는 작품을 만났다. 연인으로 보이는 남녀가 호텔 방에서 인터뷰를 하고 있다. 팬티만 입은 한 남자가 들어온다. 여자는 쑥스럽게 웃고, 그녀의 애인은 일어나서 침대 옆의 의자에 앉는다. 들어온 남자가 여자에게 다가가 키스를 하고, 애무를 시작한다. 애인은 다리를 꼬고 연신 자세를 바꾸며 불편하게 바라본다. 애무의 강도가 높아지고 간혹 신음이 흘러나온다. 그러니까 지금의 용어로 한다면 네토라레다. 연인, 남편이 보는 앞에서 다른 남자와 섹스를 하고, 그가 지켜보는 것. 애무를 지나 섹스를 하기 시작하면서 점점 뜨거워진다. 마침내 연인이 끼어

들어 중단을 시킨다.

어느 정도 흥분이 가라앉은 여자에게 다시 물어본다. 일본어는 잘 몰랐다. 대학에 들어가 5일 동안 속성으로 공부한 적이 있을 뿐이었다. 그런데도 마지막 질문과 답은 분명하게 들렸다. 음란, 하시겠습니까? 네. 이 AV의 제목은 《음란》이었다. 아마도 시리즈의 2편이었던 것으로 기억한다. 여전히 발갛게 들뜬 표정의 그녀가 조금 망설이다가 네, 라고 답했을 때 뭔가 짜릿했다. 무엇인가 머릿속을 확 비집고 들어온 느낌이었다. 그녀가 누군지 지금도 모르지만, 반했다. 일본 AV에는 뭔가 다른 것이 있다고 느낀 순간이었다.

'음란' 시리즈를 만든 감독은 타다시 요요기였다. 1981년 AV가 시작된 후 1년 뒤인 1982년, 영화판에 있다가 AV로 들어온 요요기는 '다큐멘트 더 오나니' 시리즈를 만들었다. 여성이 자위를 하는 모습을 다큐멘터리 스타일로 찍어 큰 반향을 일으켰다. 미소녀 노선과 하드 플레이 노선이 주류였던 AV업계에 영화의 문법을 가지고 왔다고도 할 수 있다. 그리고 1987년에 '음란' 시리즈를 시작하며 '음란이야말로 사랑이다'라는 주제를 표현했다고 말한다. 섹스의 본질을 찾으려고 시도했던 요요기는 이후에도 다큐멘터리 스타일을 견지하며 여성적인 AV를 만든 것으로 평가된다. 요요기는 자신이 만드는 AV에 대한 철학이 뚜렷했다. 그리고 보통의 AV는 여자의 성은 이렇다, 는 통념 혹은 편견을 가진 감독이 배우에게 강요한 결과라고 생각했다.

타다시 요요기의 스타일은 이후 '하메토리의 달인'이라 불리는 캄파니 마츠오로 이어진다. 하메토리는 섹스를 하는 남녀에게 카메라를 주고 직접 찍게 하는 방식을 말한다. 캄파니 마츠오는 섹스만이 아니라 연애와 데이트의 과정을 개인 매체인 비디오카메라를 통해서 보여주려 했다. 시청자와 피사체의 거리를 좁혀서 동화시키는 하메토리는 감정이입이 필수적인 AV에서 공포영화의 페이크 다큐보다 더욱 강력하게 몰입하게 만드는 위력이 있었다. 하메토리의 궁극은 감독과 배우 단 둘이 여행을 하면서 여정의 모든 것을 카메라에 담는 히라노 카츠노의 《방랑자 도감》(1998) 같은 영화로도 이어진다. 《방랑자 도감》은 AV 회사인 V&R 플래닝에서 만들었지만 일반 극장에서도 개봉되었고, 그해 일본의 대표적인 영화잡지인 <키네마준보>의 베스트 10에도 올랐다.

《음란》을 보고 일본 AV를 본격적으로 찾아다니기 시작했다는 건 물론 아니다. 인터넷이 생기기 전까지는 그럴 수 있는 시대가 아니었다. 선택의 여지없이, 어디선가 우연히 구할 수 있는 것만 겨우 보는 정도였다. 하지만 언제나 방법은 있었다. 1990년대 후반, 영화잡지를 만들고 있을 때 W라는 후배를 만났다. 음악잡지 기자였고, 공포영화와 괴수물 등을 좋아하던 컬트 마니아였다. 그를 통해 새로운 세계를 접했다. 우선 <아시안 컬트 시네마>라는 잡지와 '비디오 서치 오브 마이애미'라는 동호회가 있었다. <아시안 컬트 시네마>는 쿠엔틴 타란티노처럼 아시아의 액션, 공포, 고어, 괴수물 등을 좋아하는 서양의 마니아를 위해 만들어진 잡지였다. 잡지라고 하기에는 상당히 조잡한 디자인의, 하지만 내용은 한국 어디에서도 구할 수 없었던 귀한 정보들로 가득한 신천지였다.

정말로 미국 마이애미에 위치해 있던 '비디오 서치 오브 마이애미'라는 곳은 회비를 내고 가입하면 자신들이 소장한 영화의 목록을 보내줬다. 목록에는 <아시안 컬트 시네마>에 소개된 영화들만이 아니라 조 다마토, 루치오 풀치 등이 만든 유럽의 싸구려 영화들도 잔뜩 있었다. 보고 싶은 영화를 골라 이메일로 신청을 하고 돈을 송금하면 복사한 비디오가 미국에서 한국으로 날아왔다. 물론 합법은 아니다. 하지만 미국에서는 정식으로 라이센스를 맺어 출시된 영화가 아니라면, 연구 목적이나 동호회에서 이익을 내지 않는 목적으로 돌려보는 것이 가능했다. 그래서 동호회라는 형식으로 조직을 만들고, 회원들에게 복사 비디오를 제공한 것이다. 정식 발매된 영화가 있으면 목록에서 빼면 되니까. 구체적인 주문과 송금 등은 W가 다 알아서 했다. 각자 주문한 영화들은 복사해서 바꿔 봤고.

어느 날, W가 종로에 있는 PC방으로 데리고 갔다. 인터넷 게임을 하지 않았던 터라 처음 가본 PC방이었다. W는 미국의 한 사이트를 보여줬다. 일본의 AV를 파는 미국 사이트였다. 주문을 하고 송금을 하면 VCD로 구워서 보내줬다. 사이트에 나온 표지 이미지를 보고 주문을 하는 것이었다. 복잡했고 귀찮아서 혼자 이용한 적은 없었다. 그러나 인터넷이 본격적으로 쓰이게 되면서 모든 것은 변했다. 파일 공유와 웹하드 업체 등이 빠르게 자리를 잡았고, 예나 지금이나 돈을 벌기 위해서는 포르노가 최고였다. 어디를 가나 포르노가 넘쳐났다. 인터넷이 보편화된 21세기에는 모든 것이 가능해졌다.

일본을 자주 다녀오게 되면서 일본 AV의 역사에 대해서도 어느 정도 알게 되었다. 1981년에 시작된 AV는 1988년에 소위 '음란 붐'을 맞게 된다. 《SM이 좋아》의 쿠로키 카오리는 요코하마국립대학생이었고, 당시로서는 파격적이었던 겨드랑이털의 노출과 과격한 연기 등으로 엄청난 인기를 끌었다. 88년에 데뷔한 토요마루, 오키타 유카리, 사야카 등 음란파 여배우들도 시대를 앞서간 여성들이었다. 그러나 당시만 해도 A급 여배우들은 실제 성행위를 하지 않는 것이 일반적이었다. 모자이크가 두껍고 컸기 때문에 펠라티오도 가짜로 할 수 있었다. 하지만 무라니시 토오루 감독은 실제 성행위를 찍은 AV를 매달 다수 발표하며 인기인이 되었다. 쿠로키 카오리와 무라니시 토오루는 공중파 TV에도 단골로 등장하며 연예인급으로 대접받았다. 80년대 후반부터 시청률 경쟁이 심화되면서 《올나이트 후지》, 《해적 채널》 등 심야방송에서 AV 여배우들이 대거 등장하게 된 것도 이유였다. 심야프로 중에서 가장 유명했던 《길가메쉬 나이트》는 1991년에 시작했다.

입술이나 혀로 남성의 음경을 애무하는 것

'음란 붐'은 단지 AV 배우들이 인기인으로 대우받고, 대중문화의 일부가 되는 것만을 의미하지는 않았다. 음란 붐의 핵심은 '여자가 섹스를 원하는 게 왜 나쁜가'라는 질문이었다. 그 발언을 여성들이 직접 했다는 사실이 중요했다. 이름 없는, 자기주장도 하지 못하는 AV 여배우였던 쿠로키 카오루와 토요마루 등이 TV와 잡지 등 매스미디어로 진출하여 자신의 성에 대한 생각과 '음란함'을 이야기하기 시작한 것이다. 당시에 시작된 테레쿠라도 여성들이 주도했다. 여성들이 애독하는 서점의 레이디스 코믹 코너에 전화번호를 두고 오자 여성들이 전화를 걸어 '남자친구'를 찾기 시작했다는 것이다. 1988년의 음란 붐은 요요기의 '음란' 시리즈가 보여주듯, 음란하시겠습니까? 라는 질문에 적극적으로 네, 라고 답한 여성들이 만들어낸 것이었다.

물론 AV에는 긍정적인 시도와 함께 극단적인 폭력과 위법도 있었다. '바키'라는 제작사에서는 여배우들에게 합의되지 않은 폭력적인 성행위를 강요하여 사망에 이르게 한 사건도 있었다. 청소년 시절부터 AV 배우가 되겠다고 결심하여 준비를 해왔다는 오자와 마리아, 사쿠라 마나 같은 배우도 있는 반면 어쩔 수 없이 빚이나 남자친구의 강요 때문에 하게 된 배우들도 있다. 어디에나 빛과 어둠은 공존한다. 그러면서 AV는 끝없이 새로운 장르와 형식을 만들고, 기괴한 실험들도 거듭해 오면서 인터넷 시대를 맞이하게 되었다.

AV의 초창기에는 배우 대 드라마의 대립도 있었다. 주 시청자인 남성들이 AV를 보는 주요한 이유가 배우인지, 드라마인지에 대한 논쟁이다. AV도 영화처럼 이야기를 통해서 시청자를 설득하고 감정이입을 시켜야 한다는 주장이 후자였다. 반면 배우가 중요하다는 입장은, 시청자가 여배우를 일종의 유사 애인으로 본다는 생각이었다. 애인처럼 여배우에게 호감을 느끼고, 그녀와 사랑을 나누는 것처럼 생각을 해야만 AV를 보게 된다는 것. 승리는 배우 중심이라는 입장에게 돌아갔고, 이후 AV의 주류는 신인 배우가 인터뷰를 통하여 시청자에게 자신을 알리고, 대화를 하면서 섹스로 나아가고, 점점 음란한 여인이 되어가는 과정을 보여주게 되었다. 소프트한 작품으로 시작하여 점점 하드한 연기를 하게 되는 것이다. 배우를 중심으로 보여주는 AV와 드라마 중심의 AV는 한때 8대 2의 비율까지 가기도 했다. 요즘은 드라마 형식이 늘어나고 있지만 여전히 주류는 배우에게 초점을 맞춘다.

AV 제작사 중에서 가장 실험을 많이 했던 곳으로는 SOD(Soft on Demand)를 꼽을 수 있다. 1995년에 설립된 SOD의 창립자 다카하시 가나리는 TV에서 버라이어티 프로그램을 만들었고, 사업을 하다가 여의치 않아 결국 AV를 만들게 되었다. 남자와 여자의 섹스를 영상으로 보여주는 AV에서 TV 버라이어티의 콘셉트를 가지고 와서 500명이 함께 섹스를 한다거나, 에도가와 란포의 소설에 등장하는 것처럼 인간으로 가구를 대체하거나, 나체로 운동회나 연주회를 한다거나 하는 등 기상천외한 AV를 만들어 SOD를 성장시켰다. SOD라는 이름을 처음 기억하게 된 것도, 리프트에 매달아 공중 100미터 위에서 섹스를 하는 AV를 보면서였다. 뭐 이런 미친놈들이 다 있나, 라는 생각을 했는데 그 후로도 SOD는 상상 이상의 AV를 양산했다. 동시에 소프트한 핑크영화를 만들거나 애니메이션도 만드는 등 그야말로 AV의 종합선물세트였다고나 할까. 시청자의 요구, 취향에 맞춰 모든 것을 만들어낸다는 다카하시의 전략은 나름 성공을 거두었다.

일본의 AV는 여전히 신기하다. 근래에는 귀신이나 좀비와 섹스를 하는 AV가 나오기도 했다. 그럴 수도 있겠다, 생각은 하지만 귀신의 모습이 꽤 섬뜩하다. 보통 인큐버스라고 해도 섹시한 몽마를 꿈꾸기 마련인데 어째서 기괴한 귀신과 섹스하는 영상을 보는 것인가. 대체 왜? 라고 생각하지만 그것도 누군가의 취향일 것이다. 전대물의 히로인이나 여성인 슈퍼히어로가 악당들에게 잡혀서 능욕을 당하는 AV도 있다. 변태니 어쩌니 해도, 섹스에 대해서 상상할 수 있는 모든 것을 다 보여준다는 점에서 일본의 AV는 압도적이다. 일본의 AV는 여전히 모자이크가 있다. 성기를 보여줄 수 없다 보니, 성적 흥분을 일으키는 온갖 수단을 활용하는 상상력이 유난히 발휘된 것이라는 말도 있다.

아시아에서는 단연 일본 AV에 대한 파급력이 높다. 한국에서도 인기 높은 아오이 소라는 중국에서 톱스타급으로 인기가 있다. 2014년에 만들어진 중국 영화《정자왕》은 홍콩과 대만에서 일본의 AV가 어떤 위치였는지를 보여준다.《정자왕》의 주인공 첸은 에로소설을 쓰다가 연재가 중단되어 생계가 막막해진다. 첸은 친구들과 함께 제작비를 모아 일본에서 AV를 찍기로 결심한다. 그런데 현장에서 남자배우가 사라지고 첸이 대신 뛰어들었다가 스타가 된다. 여성이 주도하며 일방적으로 당하는 남자 연기(가 아니라 실제 모습)를 너무나 잘한 덕에 숱한 여성들의 주목을 받게 된 것이다. 이후 발기불능이 되었다가, 정력을 되찾기 위해 찾아간 여인이 유키 마이코다. 1995년에 데뷔했던 유키 마이코는 그 시절에 이미 홍콩과 대만의 방송과 잡지 등에 소개되면서 최고의 인기를 누렸다. 일본의 AV도 인터넷 시대가 본격적으로 열리면서 위축되기 시작했다. 비디오, DVD가 적게 팔리고 스트리밍 시대가 되면서는 더욱 심해졌다. 반면 AV가 대중화되고 보편적인 문화로 받아들여지면서 여배우들의 미모도 상승하고, 중고등학교 때부터 AV 배우가 되고 싶어 준비했다는 오자와 마리아 같은 배우도 나오게 되었다. 자연히 남성의 시선을 중심으로 한 AV에도 변화가 생겨 여성을 타깃으로 한 작품들도 나오게 된다. '실크 라보'라는 레이블에서는 남성의 미모를 업그레이드하고, 로맨틱한 상황을 연출한 후에 섹스를 하는 AV를 출시하여 여성을 끌어들였다. 또한 《오네가이 마스캇츠》 등 AV 배우들이 출연하는 방송 프로그램이 나오기도 하고, 아이돌 그룹처럼 팀을 구성하여 싱글 음반을 내기도 한다. 우츠노미야 시온 같은 배우는 AV 배우로 활동하다가 그라비아 모델로 자리를 옮기기도 했다. AV 배우로 인기를 얻은 후에 스트리퍼나 풍속업소에서 일하면 훨씬 수입이 높아지는 것도 사실이다. AV의 지위가 사회적으로 확고하게 상승한 것은 아니지만 일상문화의 하나로 정착된 것은 분명해 보인다.

이제는 한국에서도 인터넷으로 AV를 구해보는 것이 쉬운 일이 되었다. 어떤 AV가 나오는지도 바로 알 수 있다. 그러니 일본에 갈 때마다 들러보곤 했던 AV샵도 이제는 들르지 않게 된다. 여전히 국내에서는 불법이지만 간혹 IPTV에서 AV인데도 성기가 직접적으로 나오는 장면을 잘라내고 제공하는 경우도 있다. 하지만 모자이크가 있는 AV와 일부를 잘라낸 국내용 성인영화는 전혀 다르다. 예전 비디오가 인기 있던 시절에 포르노영화에서 일부를 잘라낸 《터보레이터》가 선풍적인 인기를 끌기는 했지만, 그때는 포르노를 구하는 것 자체가 어려웠으니까.

스크랩북

딸딸이가 생활의 일부가 되자 나만의 딸딸이 책을 만들었다. 매번 잡지를 뒤적이기가 귀찮았고 생각이 나면 제까닥 펼쳐 보기 위해서였다. 맘에 드는 주인공만을 오려서 모아놓으니 불필요한 광고문구등이 보이지 않아 훨씬 집중이 잘 됐다. 80년대초에는 투명화일이 나오기 전이라 대학노트에 풀칠을 하여 다닥다닥 붙혔다. 대형 브로마이드는 접어서 붙이고, 작은 사진은 한면에 여러명의 여성을 붙이니, 동시에 볼 수 있어서 단조롭지 않았다. 스크랩북의 아이디어는 초등학교 시절, 만화주인공을 오려 앨범에 모아 놓은 것에서 유래한 것으로 만화가게에서 빌린 만화책의 중간페이지를 표시가 안나도록 몰래 잘라 내곤 했었다. 나중엔 대담하게 컬러표지까지 잘랐지만 다행히 한번도 들키지 않았다.

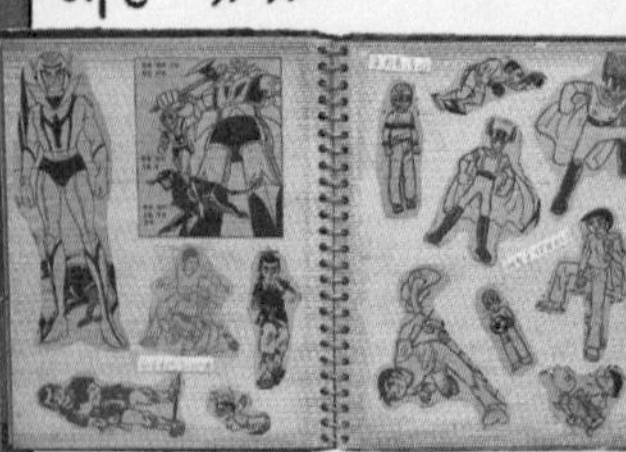

나만의 만화주인공 스크랩북, 1970년대

초등학교 때는 유일한 낙이 만화책 보기였다. 학교에서는 만화가게가 불량만화의 온상이라 하여 출입을 금지시켰다. 할 수 없이 몰래 들어가 잽싸게 만화책을 빌려다 보곤 했는데, 앉아서 보는 것보다 두배 정도 값이 비쌌다. 그러나 장점도 있었다. 며칠 동안 여유롭게 여러번 볼 수 있었고, 맘에 드는 장면이나 주인공은 슬쩍 오려내기도 했다. 물론 나쁜짓인줄 알고 있었지만, 나만의 주인공을 모으고픈 욕망이 훨씬 앞섰다. 사진은 내가 제일 좋아했던 공상과학만화로 김형배의 '황금날개'와 배봉규의 '제트보이'의 주인공을 오려서 스크랩 했다.

고1때부터 시작한 스크랩은 고3이 끝날 무렵 두터운 한권의 책으로 완성됐다. 나름 뿌듯했지만 가족들에게 들킬까봐 숨겨 놓는 것도 일이었다. 맨아래 책상서랍을 빼낸 다음, 그 밑 빈공간에 넣은 후에야 안심이 되었다.

1987년 쯤에는 일본 성인잡지의 화보를 짜깁기 한 해적판 사진집이 등장했다. 주로 버스정류장 앞에서 길바닥에 펼쳐 놓고 팔았다. 대부분 인기 없는 덤핑서적들을 천원에 팔았는데 한 귀퉁이에 항상 사진집이 서너권씩 놓여 있었다. 가격은 삼천원으로 3배나 비쌌지만 아낌없이 구입했다. 술이라도 한잔 걸친 날에는 사람들 보는 앞에서 대담하게 내용을 훑어보고 고르기도 했다.

사진예술, 1986년, 4000원

거창하게 '예술'을 갖다붙이고 반라의 일본여성 누드를 복제하여 구성했다.

사진집이 쌓여가자, 두번째 스크랩을 시작했다. 거금을 주고 산 투명 화일 바렌다에 풀칠 할 필요 없이 페이지째 잘라서 넣었더니 반짝거리는 것이 보기에도 좋았다. 대학생 시절이라 그동안 사 모은 책들도 책꽂이에 가득했다. 숨겨 놓는 것도 귀찮아 맨아래쪽 칸 끄트머리에 끼워 놓고 꺼내보았다.

과거에 비해 딸딸이 생활은 훨씬 풍족해졌다. 속옷모델을 보며 상상했던 시절과는 달리, 전라의 여성들을 컬러화보로 감상하게 되었다. 세상에는 야타족이 등장하고 서울 강남의 나이트클럽은 부유한 젊은이들로 들끓었다. 눈을 돌리면 온갖 자극이 난무했던 1980년대, 내게는 딸딸이의 황금기가 찾아 왔다.

야타족 부모의 자동차나 부모가 사준 자동차를 몰고 다니면서 여성에게 접근하여 야!(차에)타!라고 꼬드겼던 20대 젊은이들을 말한다. 1980년대 후반부터 90년대 초반까지 서울 강남구 압구정동 등에서 많이 보였다.

기상천외한
성인 애니메이션의 습격

<씨네21> 기자를 할 때《초신전설 우로츠키 동자》를 알게 돼 이리저리 구해서 봤다. 인간과 악마와 수인들이 사는 세계가 있고, 초신이 태어나면 모든 세계를 하나로 만든다는 전설이 있다. 평범한 고등학생 나구모가 초신으로 각성해가는 이야기는《공작왕》이나《북두신권》등 일본 만화에서 자주 보던 소재였다. 하지만 성인용이라는 점에서 차원이 달랐다. 1986년 만화잡지 <에로토피아>에 연재한 마에다 토시오의《우로츠키 동자》는 촉수물의 대표작으로서도 위용을 과시했다. 여성의 성기에 인간의 성기나 기구가 아니라 이상한 생물의 촉수가 파고들어가는 것. 1화에서 여성의 몸에 들어간 초신의 성기가 점점 거대해지고 빛을 발하다가 마침내 폭발해버리는 장면을 보면서 정신이 아득해졌다. 이건 뭔가, 라는 느낌이랄까.

당시 뉴욕에서 영화를 공부하던 유학생을 만났을 때도《우로츠키 동자》에 대한 이야기를 들었다. 아시아 영화들을 상영하던 영화제에서《우로츠키 동자》를 상영했는데 난리가 났다는 것이었다. 키쿠치 히데유키와 유메마쿠라 바쿠 등의 작가가 이끌었던, 요마와 마인 등이 등장하는 전기 소설을 포르노로 변환시킨 이 영화는 그야말로 기상천외한 상상력으로 서양의 애니메이션 마니아들을 열광

시켰다. 한국에서도 마찬가지였고. 《우로츠키 동자》는 모든 세계가 붕괴하길 바라는 소년들의 파괴적이고 충동적인 판타지였다. 이 영화를 보고 난 후 일본의 성인 애니메이션들을 계속 구해봤다. '크림 레몬' 시리즈, 게임으로도 유명한 《유작》과 《취작》, 《가와라자키 일족》 등 수많은 작품들이 있었다. 모리야마 토의 단편들은 '뉴 크림 레몬' 시리즈에 들어가 있었다.

성인 애니메이션에서 걸작을 꼽는다면 우메즈 야스오미 감독의 《카이트》가 있다. 《크림 레몬》에서 한 에피소드를 연출하기도 했던 우메즈 야스오미의 첫 번째 장편이다. 어릴 때 부모를 잃고 아카이라는 남자의 양녀가 된 여고생 사와는 킬러로 키워진다. 그리고 사와이에게 섹스를 강요받는다. 《카이트》를 보면서 우선 놀란 것은 액션 장면 연출이 탁월하다는 점이다. 화장실에서 싸우다가 벽을 뚫고 밖으로 떨어지는 장면은 대단한 명장면이다. 그리고 원치 않는 삶을 살아야만 하는 사와의 고독과 불안을 묘사하는 솜씨도 대단했다.

우로츠키 동자
카이트

우메즈 야스오미는 성인물을 만들고 싶은 게 아니라 액션 중심의 애니메이션을 만들고 싶었다. 《기동전사 Z건담》의 오프닝, 《메가존23》의 베드씬 등 그리고 옴니버스 애니메이션인 《로봇 카니발》에서 《Presence》를 연출하며 인정을 받은 야스오미였지만 이상하게도 일이 풀리지 않았다. 틈틈이 성인 애니메이션의 캐릭터와 원화 등을 그렸던 야스오미는 SM 시리즈물인 《쿨 디바이스》에서 《옐로우 스타》를 연출하게 된다. 《카이트》와 등장인물이 싱크로되는 《옐로우 스타》 역시 탁월한 연출력을 과시했다. 그 덕에 섹스 장면이 어느 정도 들어가 있다면 원하는 대로 만들어도 된다는 조건을 받아들여 우메즈 야스오미는 《카이트》를 만들게 된다. 다음에 만든 《메조 포르테》는 섹스씬을 더 줄였지만 역시 성공을 거두었다. 그리고 마침내 메이저로 진출하게 된다. 하지만 《메조 포르테》의 세계관을 이어 만든 TV 시리즈 《메조》는 대실패를 거둔다. 그리고 《카이트》의 후속작인 《카이트 리버레이터》 역시 1편을 만들고 엎어진다.

대체 어찌된 일일까. 우메즈 야스오미는 에로애니메이션에 관심이 없고, 성인용의 액션을 좋아한다고 말한다. 하지만 정작 섹스를 빼고 나면 그의 애니메이션은 재미가 없어진다. 《카이트》의 인터내셔널판은 섹스 장면을 빼고 재편집을 했다. 비교적 반응은 좋았다. 하지만 원판과 비교해 본다면 인터내셔널판은 확 끌리는 지점이 없다. 액션도 좋고, 캐릭터도 좋지만 어디에 반응해야 할 것인지 애매하다. 《카이트》에서 사와의 섹스는, 절망이다. 양아버지에게 킬러로 키워지면서 섹스를 한다. 역시 킬러로 키워진 소년을 만나 사랑을 알게 된다. 하지만 이미 그녀는 모든 것을 잃어버린 상태다. 부재와 절망을 껴안고 소녀와 소년은 싸운다. 그것이 《카이트》의 아찔한 정서다. 우메즈 야스오미는 《메가존23》의 베드씬을 만들어 찬사를 받기도 했다. 묘하게도 야스오미의 섹스씬은 보는 사람에게 대단한 감흥을 일으킨다. 자신은 좋아하지 않는다고 말할지 몰라도, 그의 재능은 그쪽에 있다. 액션과 섹스를 결합한 애니메이션이라면 야스오미는 아마 승승장구하지 않았을까. 영화 《링》을 만든 나카다 히데오 감독 같기도 하다. 나카다 히데오 역시 조감독 생활을 오래했지만 감독 데뷔 기회를 잡지 못했다. TV에서 공포물 시리즈의 한 에피소드를 연출하면서 인정을 받았고, 위성방송 WOWOW에서 지원하는 'J-무비 워즈'에 참여하여 중편영화 《여우령》을 만들게 되었다. 그리고 《여우령》을 본 『링』의 원작자 스즈키 코지가 자신의 소설을 연출할 감독으로 나카타 히데오를 지명했다. 《링》의 대성공으로 나카다 히데오는 메이저가 되었다.

하지만 이후 나카타 히데오는 자신이 공포영화를 좋아하지 않는다고 말했다. 어쩔 수 없이 만들게 되어 최선을 다했을 뿐이지 자신의 지향과는 다르다고. 그래서 《검은 물밑에서》 이후 나카타 히데오는 주로 공포가 아닌 영화를 만들었다. 그리고 거의 망했다. 공포영화를 좋아하지 않는다고 말하지만, 나카타 히데오는 스멀스멀 다가오는 공포를 그려내는 지점에서는 천부적인 재능을 지니고 있다. 계속 공포영화에 천착했다면 더욱 뛰어난 영화를 만들 수 있지 않았을까. 하지만 나카타 히데오도, 우메즈 야스오미도 자신의 재능이 아니라 지향 혹은 이상을 좇다가 지지부진해져 버렸다.

1980년대 후반에서 1990년대까지가 일본 에로애니메이션의 전성기였다. 《우로츠키 동자》와 《카이트》는 해외에서도 극찬을 받았다. 하지만 2D로 섹스를 즐기는 사람은 결코 많지 않았다. 2000년대 중반에 접어들면 에로애니는 시들해진다. 귀엽고 어린 캐릭터를 내세운 '모에 붐'도 거들었다. 아동의 신체로 그려지는 여성은 일반인의 관심을 끌 수가 없다. 오로지 오타쿠들만을 위한 잔치가 된다. 여전히 에로애니가 만들어지기는 하지만 좋은 작품은 나오지 않는다.

해적판만화

고교를 졸업한 후에도 줄기차게 헌책방을 돌아다녔다. 어느덧 경력 7년차가 되자, 나름 '헌책방 손님'으로서 격을 갖추기 시작했다. 들어갈땐 "책 좀 둘러 보겠습니다." 인사를 하고 차분하게 구경을 했다. 이 시절 주로 구입한 책들은 문학, 예술, 디자인 등의 수준 높은 분야였다. 그러나 항상 그래왔듯이 골라서 주인에게 가져 갈 때는 맨 밑에 내가 가장 원하는 책을 끼워 놓았다. 당시의 밑구녁 책은 해적판 성인만화로 80년대 들어서 마구 쏟아져 나온 '구호'의 만화였다. 대부분 무단복제한 일본 만화로 그림체가 매우 사실적이고 세밀했다. 특히 여체의 표현은 영화나 사진을 보는 것처럼 생생했다. 주된 내용은 근육 질의 미남주인공이 야쿠자나 범죄 집단에 맞서 싸우는 도중에 여인들을 만나 육체를 불태우는 액션물이었다. 이야기는 딱히 관심이 없었지만 정사장면은 몇번이고 봤다. 나중에는 아예 페이지를 잘라서 소설책 사이에 끼워 놓고 생각날 때마다 보기도 했다.

청춘로맨스, 구호, 1987년, 2000원

구호 성인만화의 대표적인 '구호' 작가는 가공의 인물로 후에 속칭 '구호 시리즈'로 불렸다. 이들 만화는 원작인 일본 성인만화의 노골적인 성적 장면을 삭제하거나 지운 채 발행하였다. 만화가게에서는 이현세나 고행석의 만화를 제치고 인기몰이를 하기도 했다. 대표적인 구호 시리즈는 '이케가미 료이치'의 '크라잉프리맨'을 복제한 '대륭', '자유인' 등이었다.

해적판 성인만화 大특집

1980년대 신군부 정권의 스크린(Screen), 스포츠(Sports), 섹스(Sex)의 '3S' 정책이 펼쳐지면서 검열이 완화된 틈새로 일본문화가 유입. 그 틈새로 일본성인만화가 왕창 등장하게 되었습죠~

부라보청춘, 김수일, 1987년

의리의 야쿠자인 '사부'와 밝고 명랑한 그의 젊은 아내 '나츠코'의 이야기. 사부의 아내를 보며 군침을 흘리는 '번개형님'도 등장하여 매번 긴장감이 흐른다.

욕정, 조운, 1988년

복제인간이 대거 등장, 특히 여성 복제인간과 남자들이 성적 관계를 맺으면서 이야기가 진행된다. 만화에서는 '복사인간'이라고 표현한 점이 특징.

대폭발, 이영길, 1988년

바다에서 조난당한 남자를 구해주었다가 남자가 야수로 돌변해 여자들을 섬으로 끌고가서 성적 노예로 삼거나, 과외선생님이 가르치는 여학생을 덮친다거나 하는 여러 단편이 실린 옴니버스 만화.

대명, 구호, 1988년

폭력단에게 엄마를 잃은 수연이가 피의 복수를 시작한다. 이때 윤태민이 나타나 수연을 도와주는데...

대성, 김만태, 1988년

'네즈' 재벌가의 마지막 후계자인 딸 설희를 지키기 위한 철수의 활약을 담은 만화. 장면 중간중간 정사씬이 등장한다.

악마의 손, 김수일, 1988년

의뢰인에게 돈을 받고 강간을 해주는 레이프맨(RAPEMAN)의 이야기. 때론 정의감에 불타기도 하는 종잡을 수 없는 만화.

금지곡의 세계

1990년대 이전은 참으로 이상한 시절이었다. 팝송을 들으려고 음반을 사면 거의 한두 곡씩은 없는 노래가 있었다. 예를 들어 퀸의 「어 나이트 앳 디 오페라(A Night at the Opera)」 앨범을 샀는데 「보헤미안 랩소디(Bohemian Rhapsody)」가 없었다. 마약이나 섹스를 암시하는 단어나 문장이 나오면 안 된단다. 사회비판적이어도 안 된단다. 비틀즈의 「루시 인 더 스카이 위드 다이아몬드(Lucy in the Sky with Diamond)」나 에릭 클랩톤의 「코케인(Cocaine)」은 마약을 묘사해서, 키스의 「러브 건(Love Gun)」이나 애니멀스의 「더 하우스 오브 더 라이징 선(The House of the Rising Sun)」은 선정적인 내용이라서, 핑크 플로이드의 「어나더 브릭 인 더 월 파트 투(Another Brick in the Wall_Part 2)」는 사회비판적이기 때문에 등등 갖가지 이유가 있었다. 오지 오스본 이전에 무대에서 피를 뿌리며 난리를 쳤던 앨리스 쿠퍼는 아예 그의 모든 노래가 금지되었다.

그래도 금지곡을 들을 수 있는 방법은 있었다. 일단은 미군방송인 AFKN을 통해서 보고 듣는 것. 아니면 청계천 등에 있는 빽판 가게를 찾아 구입하는 것. 빽판의 음질은 당연히 안 좋다. 재킷도 대충 복사한 흑백이다. 그래도 금지곡을 원할 때 들을 수 있다는 이유만으로 찾았다. 어떤 빽판은 집에 가서 틀어보면 거의 들을 수 없을 정도로 턴테이블 바늘이 통통 튀어서 바꾸러 가야 했다. 몇 번 사다 보니 요령이 생겼다. 빽판을 꺼내 들고 눈에 일자로 맞춰서, 지나치게 튀어나온 부분이 있거나 일렁이지 않나 살펴보는 것이다. 아주 심하지만 않다면 적어도 튀지는 않았다.

아버지가 가끔 일본을 다녀오실 때, 팝음악에 빠져 있던 형은 선물로 음반을 사다 달라고 했다. 국내에서 구할 수 없는 음반들을 그렇게 구했다. 주로 음반 전체가 금지되어 안 나오는 것들. 아니면 인기가 없을 듯하여 라이센스가 안 나오는 음반. 핑크 플로이드의 「더 월(The Wall)」, 비틀즈의 「서전 페퍼스 론리 하츠 클럽 밴드(Sergeant Pepper's Lonely Hearts Club Band)」, 클래시의 「런던 콜링(London Calling)」, 블라인드 페이스의 동명 앨범 등등을 그렇게 구했다. 고등학교 때에는 광화문에 있는 레코드 가게에서 원판을 함께 샀다. 라이센스로 나오지 않는 음반들을 골라서. 그러나 무지하게 비쌌다. 그 시절 가격으로 만원 정도 했으니까.

형과 함께 팝송을 열심히 들으면서 나는 가요에도 빠져들었다. 가요에도 금지곡은 워낙 많았다. 송창식의 「고래사냥」과 「왜 불러」, 이장희의 「그건 너」, 조영남의 「불 꺼진 창」 등등 왜 금지곡인지 알 수조차 없는 노래들을 알게 되었다. 동네에 있는 레코드 가게를 드나들다가, 팔지는 않고 녹음을 해주기 위해 남겨둔 판들에서 그 노래들을 만났다. 그 시절에는 레코드 가게에서 녹음을 해준 테이프를 팔았다. 가게에서 선곡한 테이프도 있었고, 내가 고른 노래들만 담을 수도 있었다. 대학에 들어가서는 김민기의 노래들을 구하기 위해 온갖 방법을 동원했다.

70~80년대의 금지곡들은 이유도 황당했다. 선정적이라거나 미풍양속을 해친다는 이유가 제일 많았다. 소위 말하는 불건전한 노래들이다. 중고등학교 때부터 그런 노래들을 찾아 들었다. 들어보니 좋은 노래였다는 이유도 있지만 단지 금지되었다는 이유 자체로 좋았던 것도 있다. 사회에서 금지된 무엇인가를 즐긴다는 쾌감. 시키는 대로 하지 않고, 내가 원하는 대로 무엇인가를 할 수 있다는 즐거움. 착각이었지만 나름 좋았다.

그리고 음반 재킷이 있었다. 블라인드 페이스의 음반처럼 여성의 토플리스가 나오는 경우도 있었고, 아예 누드가 나오는 경우도 있었다. 선정적인 음반 재킷들을 보면서 음악을 들으면 어쩐지 야하다는 기분도 들었다. 아니 정반대였을지도 모른다. 음악 자체에는 그런 느낌이 하나도 없는데, 재킷 때문에 악착같이 그런 기분을 얻으려고 했는지도 모른다. 그 시절의 나는 가사를 해석할 생각은 아예 없었다. 세상에 의미 같은 것은 하나도 중요하지 않다고 믿던 시절이었다. 음악은 음악일 뿐이니까 오로지 음악 자체에만 빠져들겠다고 기이한 생각을 했다.

블라인드 페이스
피지컬

AFKN을 통해서 MTV를 만났을 때 더욱 좋았다. 가수들을 직접 볼 수 있었다는 것 말고도, 뮤직 비디오를 통해서 조금 더 구체적인 이미지를 얻을 수 있었으니까. MTV의 영웅이자 최고의 수혜자로는 마이클 잭슨과 마돈나가 있지만, 나에게는 올리비아 뉴튼 존의 「피지컬(Physical)」이 제일 먼저 떠오른다. 청순하게 컨트리 음악을 부르던 올리비아 뉴튼 존을 제대로 본 것은 뮤지컬 영화《그리스》였다. 영화에서 순수한 모범생으로 나왔던 그녀는 마지막 장면에서 확 바뀐다. 타이트한 가죽 바지를 입고, 어깨를 드러낸 차림으로 나타나 존 트라볼타를 유혹하는 것이다. 아니 당당하게 자신에게 끌어당겼던가.《그리스》에서 섹시하다고 처음 느꼈던 그녀가 「피지컬」 뮤직비디오에서는 더욱 노골적으로 변했다. 그게 더욱 좋았다.

그리고 그룹 블론디의 데보라 해리가 있다. 원래는 뉴욕에서 펑크 락을 부르던 밴드였지만 「더 타이드 이즈 하이(The Tide Is High)」와 「랩츄어(Rapture)」를 부르며 소프트해졌다. 일종의 타협이지만 락밴드 키스조차도 「아이 워즈 메이드 포 댄싱(I Was Made for Dancing)」을 부르며 부드러워져야만 했던 시대였다. 오히려 음악 스타일을 바꾸면서 데보라 해리의 매력은 한층 배가되었다. 영화《아메리칸 지골로》의 주제곡인 「콜 미(Call Me)」는 짜릿했고, 데이비드 크로넨버그 감독의《비디오드롬》에 출연한 데보라 해리는 그로테스크한 섹스 심벌이었다. 그 시절의 나는 데보라 해리와 팻 베네터에게 빠져 있었던 터라 마돈나는 크게 관심이 없었다.

신디 로퍼 역시. 이후에 여신으로서의 여성 뮤지션은 더 이상 존재하지 않았다, 나에게는.

동네형

주변 사람들은 경악하겠지만 나는 뽀얀 피부에 중성적인 외모로 어렸을때부터 눈길을 끌었다. 국민학생 때는 나를 이뻐해 주는 동네형 덕에 못된 녀석들이 건들지도 못했다. 중학생 때 알게 된 고등학생 형은 오디오광이었다. 나는 그 형을 따라 청계천 등을 가보았고 그곳에서 싸구려 사재 전축을 구해 오기도 했다. 그리고 그때부터 빽판을 사모으면서 팝송을 듣기 시작했다. 「아바」라든지 「보니엠」「사이먼과 카펑클」을 알게 된 것은 순전히 그형 덕택이었다. 말수가 적었던 형은 내가 먼저 말하기 전에 절대로 먼저 말하는 법이 없었다. 공고를 다니는 형의 방에는 각종 전자기판과 인두, 납땜뭉치가 있었다. 들어가면 인두로 지진 쏴한 납 냄새가 났다. 언젠가 갔을 때는 웬 소설을 읽고 있었다. 무협지라 불리는 대여섯권짜리 두꺼운 책이었다. 형은 읽어보라며 선뜻 빌려줬다. 싸구려 갱지에 조악한 활자로 인쇄되었지만 내용은 신세계였다. 무술의 고수들이 싸우는 내용이었지만, 중간중간 여자들이 등장하면서 숨가쁘고 뜨거운 분위기로 바뀌었다. 특히 장면마다의 자세한 묘사는 흥분의 도가니였다.

레이프 가렛의 빅히트곡
I WAS MADE FOR DANCING
(1978년)이 수록된 빽판

1980년대의 무협소설 '현세신화(총5권)'
책등은 금박으로 제목을 새겨 넣는 것이
당시 무협지의 특징이었다.

빽판 1970년부터 1980년대 저렴한 가격으로 인기를 끌었던 불법 복제 레코드판. 용돈이 궁했던 중고등학생들이 주로 구입. 당시 가격이 장당 400원으로 단색의 표지가 특징이었다. 준라이센스라고 하여 표지가 컬러인 복제 레코드판도 간간히 등장하기도. **무협지** 7,80년대 만화대본서에 보급된 성인용 무협소설. 투박한 갱지에 세로쓰기로 활판인쇄하였다. 내용 중 에로틱한 내용도 간간히 삽입. 중고교생들과 청년들이 주로 읽었다.

드디어 맹호취와 숙향낭자의 운명적인 대결이 시작되었다. 황량한 벌판, 매서운 바람은 가녀린 숙향낭자의 뺨을 스치는데...

숙명적인 만남의 정적이 흐르고 있는 긴장된 순간, 돌연 맹호취가 기를 모아 장풍을 발사했다.

무림고수의 갑작스런 공격에 숙향낭자의 옷마디가 풀리고, 풍만한 젓가슴이 드러났다.

맹호취의 손놀림은 더욱더 빨라졌다. 보이지 않는 맹호장풍권의 공력은 실로 놀라운 것이었다.

비단치마가 깃털처럼 날아가고 낭자의 백옥같은 허벅지와 탐스런 둔부가 바람에 날리니...

으,으음... 주물럭,주물럭.

얼마후 우리집은 이사를 갔고 빌린무협지는 아삿짐속에 넣어 버렸다. 형과는 작별인사도 하지않았다. 주말마다 청계천에 가는 것은 큰 즐거움 이었다. 빈약한 주머니로 다니기에는 온갖 중고품들을 싼값에 팔고 눈치주지 않는 그곳이 좋았다. 가끔 명동에 나가 어슬렁거렸지만 화려한 쇼윈도우는 불편하기만 했다.

고2 때 사복자율화가 되면서 청계천 6가에서 옷을 구경하고 7가 쪽으로 걸어갔다. 해가 지면 중간쯤 작은 천막에 카바이트불이 켜졌다. 포르노 잡지를 팔았지만 주인은 호객을 하지않았다. 세운상가처럼 붙잡았다면, 못이기는척 끌려 갔건만.

사복자율화 1983년부터 시행한 중고등학생들의 교복자율화 조치로 1982년의 통행금지해제와 두발자유화에 이어 행해졌다. 청소년들의 심리적 위축감을 해소하고 개성 신장과 민주의식을 통해 책임감을 심어주는 데 목적이 있었다. 전두환정권의 유화정책 중의 하나로 지금까지 유지되고 있다.

게임이라는 늪

예전에는 전자오락실이라고 불렀다. 처음 가본 것은 중학교 2학년 때, 1980년의 일이다. 학교를 오가는 골목길에 있는 건물 지하에 아이들이 들락거렸다. 소문을 들었다. 그곳에 가면 전자오락을 할 수 있다는 것이다. 보기 전에는 뭔지 몰랐다. 콘크리트로 된 어두컴컴한 계단을 내려가자 휑한 공간에 전자오락 기계가 십여 대 있었다. 스페이스 인베이더와 팩맨, 동키 콩, 방구차 등등. 테니스라고 부르던, 그다지 테니스 같지 않은 게임도 있었다. 다방에도 놓여 있던, 앉아서 내려다보며 할 수 있는 게임기도 있었다. 가끔 그곳을 드나들었다. 뿅뿅거리는 소리와 함께 신나게 버튼을 두드리면 총알이 발사되어 무엇인가가 부서지는 쾌감을 느꼈다.

고등학교 때는 갤러그가 최고 인기였다. 고2 때부터는 거의 매일 수업이 끝나면 다방에 가서 영화를 봤는데, 그전에 잠깐 들러 게임을 하곤 했다. 항상 오락실과 다방을 함께 가던 친구가 있었다. 그 친구와 함께 갤러그를 하면서 알게 되었다. 나는 게임에 별로 소질이 없다는 것을. 한 게임기에 둘이 앉아 갤러그를 시작하면 친구가 동전 하나를 쓰는 동안 나는 최소한 대여섯 개는 써야 했다. 동전 하나로 친구는 거의 끝까지 갔다. 나는 어림도 없었다. 그 후로도 끊임없이 오락실에 가고 제비우스, 테트리스, 너구리, 올림픽, 야구, 스트리트 파이터 2 등을 했다. 그러면서 확실하게 알게 되었다. 나는 보통의 재능밖에 없다는 것을.

그래도 게임을 그만두지는 않았다. 오락실에서 게임을 하고, 컴퓨터가 생기면서는 더 많은 게임을 했다. 지뢰 찾기와 프리셀을 시작으로 울펜슈타인, 둠 2, MLB 등을 했다. 또 하나 알게 되었다. 내가 좋아하는 게임은 단순한 슈팅과 액션이라는 것을. 삼국지와 심시티 같은 시뮬레이션 게임을 할 때는 지루했다. 턴 방식으로 이루어지는 삼국지는 지루했다. 군사를 양성하고 국력을 키우면서 전쟁을 준비하는 것은 굳이 필요하지 않다는 생각이었다. 심 시티 역시 마찬가지다. 그렇게 끝없이 도시를 만들어서 뭐 하나, 라는 생각이었다.

오로지 액션과 슈팅, 스포츠만을 했다. 하지만 그것도 오래가지 않았다. 어느 날, 게임을 하다가 문득 정신을 차려 보니 아침이었다. 거의 7~8시간 내내 게임만 했다. 그래서 결정을 했다. 오래가는 게임은 하지 말자. 길어도 30분 이내로 끝낼 수 있는 간단하거나 한 단락으로 끊어지는 게임을 하자. 스포츠나 대전 게임, 퍼즐 같은 종류로만. 나머지는 일을 그만두고 은퇴한 이후에 시간이 많아지면 하자. 그 약속은 지금도 유효하다. 아이패드로 하는 게임 말고는 하지 않는다.

컴퓨터로 게임을 하게 되면서, 야게임이라는 것도 만났다. 미연시(미소녀 연애 시뮬레이션)라고 부르는 연애게임도 있었다. 연애게임은, 재미가 없었다. 마음에 드는 캐릭터와 데이트를 하고 연애에 성공하기 위해서는 끊임없이 결정을 하고, 미션을 하고, 시간을 들여야 했다. 그래서 얻어지는 쾌감이 나에게는 효과가 없었다. 야게임도 마찬가지였다. 처음에는 신기했다. 첫 번째 야게임은 '시즈쿠'였다. 한 고등학생이 생각한다. 세상에 대한 회의와 불신. 현실에서 도망치고 싶은 마음, 부정하고픈 마음이 뒤틀린 망상을 불러낸다. 그리고 야한 일들이 벌어진다. 아, 그런데 기억이 나지 않는다. 시작은 분명하게 기억이 나는데, 그 다음의 이야기는 하나도 기억나지 않는다. 나는 시즈쿠를 하면서도 그저 주인공의 현실을 부정하고픈 마음에만 동했던 것 같다. 그래도 처음 한 시즈쿠는 끝까지 갔는데, 다음에 했던 야게임들은 조금 하다가 그만뒀다. 유명했던 '동급생', '노노무라 병원의 사람들', '취작' 등등도 지루했다. 차라리 일러스트만 보는 것이 나았다.

1990년대 말, 할리우드에서 '인터랙티브 영화'를 한참 연구한 적이 있었다. 당시는 게임이 막 부흥하던 시기였다. 수동적으로 보여주는 영화와 달리 게임은 자신이 주인공이 되어 직접 상황을 체험하고 발전할 수 있게 한다. 자신이 영웅이 되고, 군주도 될 수 있다. 인간은 누구나 자신이 주체적으로 행동하면서 주인공이 되기를 원한다. 그렇기에 수동적인 영화는 게임에 비해 불리할 수밖에 없다. 그래서 할리우드는 관객이 능동적으로 참여할 수 있는 인터랙티브 영화를 연구한 것이다. 하지만 몇 년 안 가서 다 중단했다. 사람들이 영화를 보러 가는 이유는 게임을 택하는 것과 판이하게 다르다. 수동적이지만 편하게, 탁월한 이야기꾼이 만들어주는, 멋진 영상을 보고 싶기 때문이다. 일일이 선택하고 개입하지 않고 편하게 이야기에 몰입하는 것. 인간이 늘 주체적이고 싶어 한다고 생각하지만 의외로 인간은 누군가 선택을 대신하고 자신을 이끌어주기를 바란다. 그래서 게임과 영화는, 대중이 원하는 바가 다를 수밖에 없다. 게임의 매력이 엄청나지만 영화를 대신할 수는 없다.

성인의 게임이 야게임만 있는 것은 아니다. 대학에 들어가면서 도박을 배웠다. 어딘가 놀러 가면 고스톱과 포커 등 간단한 도박을 하곤 했다. 돈을 벌지 못해 망한 출판기획사를 친구들과 시작했을 때는 일이 없으면 둘러 앉아 포커를 쳤다. 돈이 없으니, 기껏해야 그날 술 마실 돈 정도를 걸고 했다. 주에 두세 번은 포커를 쳤다. 그리고 다시 알게 되었다. 나는 운이 없다는 것을. 주로 넷이 쳤는데 친구 하나는 대단히 운이 좋았다. 3시간 정도 치면 포 카드가 한두 번, 풀하우스는 서너 번, 플러시는 대여섯 번이 나올 정도였다. 심지어 로열 스트레이트 플러시가 나온 날도 있었다. 나는 같은 시간 동안 풀하우스가 한두 번 나오면 그야말로 운이 좋은 날이었다.

만화 『마작의 제왕 테츠야』에 타고난 운에 대한 말이 나온다. 공습 사이렌이 울리는 와중에 테츠야에게 도박을 가르쳐주던 스승이 사라진다. 사색이 되어 찾아다니던 테츠야는 옥상에서 그를 발견한다. 스승은 태연하게 옥상에 누워 있었다. 위험하다며 데려가려 하자, 그는 말한다. 여기서 죽을 정도의 운이라면 나는 도박사로 성공할 수 없다. 도박사가 될 수 없다면 그냥 여기에서 죽는 게 낫다.

도박사는 운이 강해야만 될 수 있다. 타고난 운이 좋지 않다면 애초에 승부사가 될 수 없다는 것이다. 그리고 뛰어난 도박사가 되려면 또 하나가 필요하다. 운이 나쁜 날은 물러설 줄 알아야 한다는 것. 아무리 운이 좋은 사람도 안 되는 날이 있다. 그럴 때 현실을 인정하고 머리를 숙일 줄 알아야 한다는 것. 운만으로 승부에서 승리하고, 세상에서 살아남는 것은 쉽지 않다.

게임은 인간에게 필수적인 것이다. 게임과 현실은 다르다고 말하지만, 어쩌면 우리가 만들어낸 게임은 현실이라는 거대한 게임을 이리저리 축약해서 구성한 것일 수도 있다. 후쿠모토 노부유키가 『도박묵시록 카이지』를 비롯하여 『최강 전설 쿠로사와』, 『은과 금』 등에서 보여주는 진리가 바로 그것이다. 이 세상 자체가 게임이자 도박이라는 것. 살아남기 위해서는, 도박에서 승리하는 것처럼 냉정하게 생각하고 이익을 따라 움직여야 한다는 것. 《지존무상》과 《정전자》, 《도신》 등 홍콩 도박영화에서도 보여준 것처럼. 그래서 나는 도박에 빠지지 않았다. 애초에 도박에서 이길 수 있는 운이 없었으니까. 그리고 현실에서도 운 없이 버틸 수 있는 최소한의 방법을 찾아가기로 했다. 우리는 가상의 게임이 아니라 현실에서 살아가야 하니까.

전자오락

생애 최초로 했던 전자오락은 벽돌깨기였다. 초등학교 6학년 겨울 방학 때였는데 당시 우범지대로 유명했던 서울 화양리의 후미진 골목에서 였다. 난생 처음 보는 컬러 화면에, 다이얼을 돌려 공을 쳐내면서 화면 위의 벽돌을 깨는 게임이었다. 공에 맞아 벽돌이 깨질때마다 울리는 경쾌한 전자음은 머리에 쏙쏙 울리는 신기한 소리였다. 처음 만나는 신세계에 넋이 나가 아무것도 보이지 않았다. 정신을 차려보니 험상궂은 양아치들이 내 주위를 에워싸고 빨리 꺼지라고 인상을 쓰고 있었다.

전자오락실에서, 1982년(조은숙 제공)

중학생이 되자 그 유명한 갤러그와 너구리, 방구차가 오락실에 새로 나왔다. 갤러그는 막판까지 깨는 녀석들도 있었지만 나는 금방 끝나버려 별로 재미가 없었다. 너구리는 너무 어려웠고 요리조리 자유롭게 움직이며 도망다니는 방구차가 성격에 맞았다. 전자오락도 재미있었지만, 사실 그 이전에 나온 아날로그 오락이 훨씬 재미있었다. 70년대말 명동 지하상가에는 오락실이 있었는데, 그곳에서 처음으로 자동차운전 게임을 했다. 동전을 넣고 엑셀을 밟으면 고무벨트가 돌아가면서 핸들로 장난감자동차를 좌우로 움직이며 운전하는 단순한 게임이었다. 중간에 샛길로 빠지지 않고 서울, 대전, 대구를 거쳐 부산까지 가면 끝이 났다. 조종에 서투른 나는 대전과 대구사이에서 아쉽게 끝나버리곤 했었다. 1975년경 서울 능동의 어린이대공원 옆으로 옮긴 어린이회관 지하에도 큰규모의 아날로그 오락실이 있었다. 잠망경을 보면서 함선을 격침하는 게임과 두명이서 서로 총싸움을 할수 있는 서부극 게임이 제일 인기였다. 또한 오락실 한켠에는 일제 프라모델을 파는 고급 모형점도 있었다. 그림의 떡이었지만 구경은 실컷 할 수 있었다. 1984년경에는 성인 오락도 등장했다. 버스정류장 앞 오락실에는 슬롯머신 풍의 오락기를 가져다 놓고 버젓하게 행인들을 유혹했다. 게임이 시작되면서 무늬가 맞을때마다 100원짜리 동전이 쏟아져 나왔다. 돈이 나올때의 짜릿한 쾌감은 이루 말할수 없었다. 몇년 후에는 고스톱 오락이 유행했다. 게임에 이기면 동전이 나오는데 몇백원으로도 할 수 있어서 부담이 없었다. 어느날 명동에 놀러 갔다가 그만 고스톱게임에 갖은 돈을 몽땅 털리고 말았다. 착한(?)주인은 차비하라고 깨평을 주었다. 받은 돈을 가지고 옆가게로 들어갔다. 잃은 돈을 만회하기위해서 였으나 또다시 털리고 말았다. 지나가는 행인을 붙잡고 버스비를 구걸했으나 아무도 주지 않았다. 할수없이 명동에서 서울역을 지나 신촌까지 걸었다. 서울역을 지날때는 창백한 아가씨가 부르더니 자고 가라고 사정했다. 돈이 모자라면 골목길에서도 해줄수 있다고. 신촌에 도착할 즈음에는 먼동이 터올랐다. 나는 숨을 크게 들여 마시고 기지개를 폈다.

조물락~ 조물락~

아흐흥…

으워어~~

내 안의 음란마귀

초판 1쇄 인쇄 2016년 6월 13일
초판 1쇄 발행 2016년 6월 17일

지은이 김봉석 · 현태준
펴낸이 정상준
펴낸곳 그책

편집 이민정 김민채 황유정
디자인 옥영현
관리 김정숙

출판등록 2008년 7월 2일 제322-2008-000143호
주소 (04003)서울시 마포구 동교로13길 34
전화 02-333-3705
팩스 02-333-3745

facebook.com/thatbook.kr
openhousebooks.com

ISBN 978-89-94040-87-5 03800

그책은 (주)오픈하우스의 문학 · 예술 브랜드입니다.

* 잘못된 책은 구입처에서 바꾸어 드립니다.
* 값은 뒤표지에 있습니다.

이 도서의 국립중앙도서관 출판예정도서목록(CIP)은 서지정보유통지원시스템홈페이지
(http://seoji.nl.go.kr)와 국가자료공동목록시스템(http://www.nl.go.kr/kolisnet)에서
이용하실 수 있습니다.(CIP제어번호: CIP2016013763)

서체 sm3중고딕, sm3견출고딕, 공간, 아리따 부리, Helvetica